마크 트웨인의
미스터리한
이방인

마크 트웨인의 미스터리한 이방인

마크 트웨인 지음 | 오경희 옮김

책읽는귀족

*일러두기

1 「미스터리한 이방인 *The Mysterious Stranger*」 번역의 저본(底本)은
1916년 페인(Albert Bigelow Paine)의 판본을 따른다.

2 「미스터리한 이방인」(1898년 작)은 본래 미완성 작품이었으나,
마크 트웨인 전집을 출판하기에 앞서 편집자의 손에서 완성되었다.
다만, 트웨인이 어디까지 집필을 완료했고, 편집자가 어디부터 손을 댔는지는 명확하지 않다.

3 여기에 실린 세 편의 콩트는 구텐베르크 프로젝트의 전자파일을 저본으로 한다.
(Project Gutenberg : Produced by David Widger, Be Wolf and Donald F. Behan)

아, 이건 뭐지? 마크 트웨인이 전해주는 또 다른 얼굴의 심각한 유머!

우리가 어릴 때 유쾌하게 읽었던 『톰 소여의 모험』이나 『허클베리 핀의 모험』이 해맑은 소년 같은 마크 트웨인의 얼굴이라면, 「미스터리한 이방인」은 깊은 통찰력을 품은 어른의 얼굴이다. 이 책은 인간이라는 자신의 존재에 대해 부끄러워 얼굴을 들 수 없을 정도로 처절한 존재론적 자기반성으로 몰고 간다.

이 책의 독자들은 인간의 본성에 대해 우리 스스로 의식했든, 그렇지 못했든 간에 작열하는 태양 아래 발가벗겨진 느낌이 들 것이다. 처음에는 아무렇지도 않게 한 마을의 삼총사 이야기로 시작되는 이 「미스터리한 이방인」은 정말 낯선 존재는 그 누구도 아닌 바로 우리 자신이라는 것을 깨닫게 해준다. 그리고 모골이 송연해지는 아주 소름 끼치는 부끄러운 느낌도 줄 것이다. 어쩌면 누구나 저절로 눈물이

006

나올 만큼 세상에 미안해지는, 우리 주변의 존재들, 말을 못하는 짐승들에게까지 인간의 존재 그 자체로 미안함이 느껴지는 순간을 맞이할 것이다. 그런데 이러한 깨달음이 지루한 훈계나 납득할 수 없는 장황한 설교가 아니라, 마크 트웨인의 촌철살인식 스토리텔링으로 각색되면서 색다른 묘미와 재미를 더해준다.

한편으로는 이 '낯선 이방인'이 마크 트웨인 식의 '어린 왕자'는 아닐까 하는 생각도 들었다. 자신의 별로 돌아갔던 어린 왕자가 우리들에게 다시 돌아와 보내는 메시지의 또 다른 은유가 아닌지 모르겠다. 물론 꽤 신랄한 풍자가 들어 있는 독설로 우리를 정신없게 만드는 조금은 낯선 어린 왕자이지만 말이다.

'미스터리한 이방인'이 어떤 의미로 각자에게 다가오든 독자들은 이 이야기를 통해 이전에는 한 번도 생각해보지 못했던 관점을 적어도 하나씩은 얻어갈 수 있을 것이다. 또한 인간의 운명과 인생에 대해 의문을 품은 사람이라면 더더욱 많은 해답을 찾을 수 있다.

「미스터리한 이방인」을 읽고 나서 인생의 진리에 대한 충격적 결말에서 아직 헤어나지 못했다면 마크 트웨인의 톡 쏘면서 달콤한 디저트가 기다리고 있으니 더욱 기대해도 좋다. 「우화」「기만적인 칠면조 사냥」「맥윌리엄스 씨 댁의 도난 경보기」 같은 콩트들에선 그동안 우리에게 익숙했던 유쾌한 마크 트웨인을 다시 만날 수 있다.

디오니소스
프로젝트

책읽는귀족은
『마크 트웨인의 미스터리한 이방인』을 첫 주자로
'디오니소스 프로젝트'를 시작한다.
'디오니소스'는 니체에게 이성의 상징인
아폴론적인 것과 대척되는 감성을 상징한다.
'디오니소스 프로젝트'는 고대 그리스 신화에서는
축제의 신이기도 한 디오니소스의 특성을
상징적으로 담아내려는 시도로,
우리의 창조적 정신을 자극하는 책들을 중심으로
디오니소스적 세계관에 의한, 디오니소스적 앎을 향한
출판의 축제를 한 판 벌이고자 한다.
니체는 디오니소스를 통해
세상을 해방시키는 축제에 경탄을 쏟았고,
고정관념의 틀을 깨뜨릴 수 있는 존재로
디오니소스를 상징화했다.
자기 해체를 통해 스스로를 극복하는 존재의 상징이기도 한
디오니소스는 마치 헤르만 헤세의
"새는 알에서 나오려고 발버둥 친다. 알은 새의 세계다.
태어나려고 하는 자는 하나의 세계를 파괴해야 한다."는
의미와 맞닿아 있다.
이제 여러분을 '디오니소스의 서재'로 초대한다.

CONTENTS

Mark Twain

미스터리한 이방인

1

때는 1590년 겨울. 이곳은 세상 저 먼 곳에서 홀로 잠들어 있던 오스트리아이다. 당시 오스트리아는 여전히 중세시대에 멈추어 있었고, 영원히 그 시대를 벗어나지 못할 것만 같았다. 심지어 어떤 사람들은 중세보다 훨씬 후퇴한 시대로 보고 있었다. 하지만 정신적·영적인 면에서 오스트리아는 여전히 '믿음의 시대'에 있다고 한결같이 입을 모았다. 물론 그 의미는 칭찬이 아닌 조롱이었다. 믿음의 시대를 사는 오스트리아를 조롱하는 시선은 아주 자연스러운 것이었고, 우리는 모두 이를 자랑스럽게 여겼다. 나는 그때 비록 어린 소년에 불과했지만, 그런 시선을 또렷이 기억한다. 그런 시선이 주었던 즐거움까지도.

그렇다. 오스트리아는 세상과 동떨어져 잠자는 나라였다. 그리고 그 한복판에서 꿈나라에 푹 빠져 있던 곳 가운데 우리 마을이 있었다. 언덕과 우거진 숲에 둘러싸인 마을은 저만의 세상에 드러누워 지극한 평화를 즐기고 있었다. 세상 그 어떤 소식도 이들의 꿈을 방해할 수 없었다. 불만을 모르는 삶이었다.

마을 앞으로는 잔잔한 강이 흐르고 있었다. 사방에는 구름 같은 안개가 자욱했는데, 그 형상이 마치 둥둥 떠다니는 방주와 돌로 된 배들 같았다. 마을 뒤에는 풀이 무성한 비탈길이 까마득한 절벽까지 솟아 있었다. 절벽 꼭대기에는 거대한 성이 노려보고 있었고, 성에 딸린 탑과 성채들은 포도밭까지 길게 늘어져 있었다. 강 너머 왼편으로 약 3마일에 걸쳐 깎아지른 듯한 가파른 숲이 광활하게 펼쳐져 있었다. 숲 사방을 언덕들이 둘러싸고 있었고 그 가운데로 빛 한 점 파고들 수 없는 깊은 협곡들이 굽이치고 있었다. 강 너머 오른편에는 절벽이 강을 내려다보고 있었다. 절벽과 언덕들 사이에는 드넓은 평원이 펼쳐져 있었고, 그 위로 작은 농가들이 점점이 흩어져 있었다. 농가 군데군데에는 과수원과 등구나무들이 박혀 있었다.

수십 마일에 달하는 이 지역은 한 왕자가 물려받은 개인 소유물이었다. 그의 신하들이 절벽 꼭대기에 있는 성을 늘 철저하게 관리하고 있었다. 하지만 왕자나 그의 가족은 5년에 한 번꼴로 이곳에 방문했을 뿐 거의 오지 않았다. 그들은 이 성을 방문할 때 온 세상의 주인님이라도 왕림하시는 듯 왕국의 모든 영광을 독차지했다. 하지만 그들이 떠나간 자리에는 침묵만이 남았다. 떠들썩한 광란의 파티를 마치고 숙면을 취하는 것 같았다.

에셀도르프(역주 : '에셀Esel'은 독일어로 'donkey'를, '도르프dorf'는 'village'를 가리키므로, 에셀도르프Eseldorf는 '미련한 사람들의 마을'이라는 뜻으로 풀이될 수 있다.)는 우리 남자아이들에게 천국이었다. 학업 때문에 시달리는 일은 거의 없었다. 교육은 대부분 선한 크리스천이 되도록 가르치는 것이었고, 성모 마리아와 교회와 성인들을 숭배하는 것을 무엇보다 중요시했다. 더군다나, 우리에게는 많은 지식이 요구되지 않았다. 아니, 허용되지 않았다는 것이 더 맞다. 지식은 보통 사람들에게 좋지 않을 뿐더러, 하느님이 정해 주신 운명을 싫어하게 할 수 있는 위험한 것이었다. 하느님은 그분의 계획에 불만을 품는 것을 참지 않으신다. 마을에는 두 명의 신부님이 있었는데, 그중 한 분은 아주 열정적이고 올곧고 고집이 센 아돌프 신부님이었다. 많은 사람이 존경하던 분이었다.

어떤 면에서는, 아돌프 신부님보다 다른 신부님이 더 나을 수도 있었다. 하지만 마을에서 그분처럼 근엄하고 엄청나게 추앙받았던 사람은 없었다. 악마를 조금도 두려워하지 않는다는 이유 때문이었다. 아돌프 신부님은 내가 아는 한 진실로 크리스천이라 말할 수 있는 유일한 사람이었다. 사람들이 그분을 몹시 두려워한 것도 그 때문이었다. 사람들은 아돌프 신부님에게 뭔가 초자연적인 힘이 있다고 생각했다. 그렇지 않고서야, 그처럼 담대하고 자신감이 넘칠 수 없다고 입을 모았다. 악마에 대해서는 모두가 한결같이 끔찍이도 싫어했다. 하지만 보통 사람들이 반감을 표하는 태도는 경박하지 않고 경건했다. 이 점에서 아돌프 신부님은 완전히 달랐다. 그분은 악마에게 차마 입에 올릴 수 없는 온갖 욕설을 서슴지 않고 퍼부었다. 그 욕을 들으면 누구나 온몸에 소름이 돋을 지경이었다. 아돌프 신부님이 악마를 업신여기며 욕하는 장면은 흔한 것이었다. 사람들은 그런 모습이 보이면 가슴에 십자가를 긋고 재빨리 그분의 눈앞에서 사라졌다. 왠지 자기에게도 끔찍한 일이 벌어질 것만 같았던 것이다.

아돌프 신부님은 최소한 한 번 이상 사탄을 만나 맞짱을 떴다고 알려졌다. 아돌프 신부님이 직접 발설한 사실이다. 그분은 사탄에 대해 조금도 숨기지 않았고, 언제나 직설적으로 표현했다. 사탄이라는 증거가 적어도 하나만 있어도 사탄이라 판단하고는, 아무 두려움 없이 먼저 병을 집어 던지며 공격의 신호탄을 쏘아 올렸다. 그분의 서재에 가보면, 벽에 병이 부딪혀 깨진 흔적들이 붉은 반점으로 남아 있다고들 했다.

그러나 우리가 가장 사랑하고 미안하게 생각했던 신부님은 피터 신부님이었다. 그런데 어느 날 몇몇 사람이 피터 신부님을 고발한 일이 있었다. 선하신 하느님은 자신의 가엾은 백성인 인간을 모두 구원할 방법을 찾으실 거라고 피터 신부님이 말했다는 것이다.(역주 : 정통

적인 기독교 교리에 따르면 예수 그리스도를 믿는 사람만이 구원받는다. 또한 중세 가톨릭에서는 천국에 가려면 면죄부를 사야 한다고 생각했다. 따라서 모든 인간이 구원받는다는 주장은 이단으로 오해받을 여지가 있다.) 그게 사실이라면 정말 끔찍한 일이지만, 피터 신부님이 그런 말을 했다는 결정적인 증거는 어디에도 없었다. 성품상 그런 말을 하실 분도 아니었다. 피터 신부님은 언제나 선하고 점잖고 진실한 분이었다. 게다가 그분이 설교에서 그런 말을 했다면 모든 회중이 듣고 증인이 되었겠지만, 교회 밖에서 개인적으로 한 이야기를 문제 삼은 것이었다. 그분의 적이라면 얼마든지 조작할 수 있는 일이었다. 아닌 게 아니라, 피터 신부님에게는 매우 강력한 적이 한 명 있었으니, 그 적은 바로 점성술사였다.

점성술사는 계곡 위쪽의 금방이라도 무너질 듯한 허름한 탑에 기거했다. 밤새도록 별을 연구하는 사람이었다. 그가 전쟁과 기근을 예언할 수 있다는 것은 공공연한 사실이었다. 하기야 그게 그리 어려운 예언도 아니었던 것이, 당시는 어딜 가나 늘 전쟁 중이었고 어디서나 흔히 기근이 발생했다. 하지만 점성술사의 위력은 다른 데 있었다. 그는 커다란 책을 펼치기만 하면 별자리로 사람의 일생을 꿰뚫기도 하고, 잃어버린 물건을 찾아주기도 했다. 우리 마을에서 피터 신부님을 제외한 모든 사람이 점성술사에게 경외심을 가졌다. 심지어 악마와 맞짱을 떴다던 아돌프 신부님조차 점성술사가 우리 마을에 처음 발을 디딜 때부터 대단한 존경심을 표했다. 처음 우리 마을에 들어설

때 점성술사는 커다란 뾰족 모자와 별들을 수놓은 긴 법복 차림에 손에는 커다란 책을 들고 있었다. 마법의 능력을 지녔다는 조수도 옆에 있었다. 심지어는 주교도 가끔씩 점성술사의 말에 귀를 기울인다는 소문이 있었다. 별을 연구하고 앞날을 예언하는 재주도 대단했지만, 마치 신앙이 독실한 것처럼 과시하여 주교의 마음을 사로잡은 것이었다.

그러나 피터 신부님은 점성술사를 조금도 신뢰하지 않았다. 신부님은 그를 사기꾼이라며 공공연히 맹비난했을 뿐만 아니라, 아무짝에도 쓸모없는 지식을 가진 가짜라는 둥, 평범한 능력은 아니지만 보통 인간보다 열등하다는 둥 독설을 서슴지 않았다. 이런 일이 빌미가 되어 점성술사가 피터 신부님을 미워하고 파멸하려고 작정한 것이 틀림이 없었다. 피터 신부님이 충격적인 발언을 했다는 소문을 처음 퍼트리고 이를 주교의 귀에 들어가게 한 장본인도 바로 점성술사였다. 마을 사람 모두 그렇게 믿고 있었다. 풍문에 따르면, 피터 신부님이 그런 말을 한 상대는 조카 마게트였다. 하지만 마게트는 이를 부인하며 주교에게 자신을 믿어달라고 눈물로 사정했다. 자신과 늙은 삼촌이 굶어 죽고 모욕을 당하지 않도록 제발 선처해달라고 매달렸다. 그러나 주교는 완강히 거부했고, 피터 신부님을 무기한 정직 처리했다. 무죄를 입증할 증인이 한 명도 나타나지 않으면, 파문을 면치 못할 거라고 으름장을 놓았다.

020

피터 신부님이 해고된 지 약 2년이 되어갔다. 피터 신부님의 신도들은 이제 아돌프 신부님이 대신 보호하고 있었다. 늙은 피터 신부님과 마게트에게 지난 2년은 너무나 혹독했다. 한때는 특혜를 받았던 사람들이 주교의 그늘로 들어간 이후로는 모든 것이 달라졌다. 그토록 많던 친구도 모두 사라졌고, 주민들도 그들에게 점점 차갑게 대하며 관심을 끊었다. 사건 당시 마게트는 열여덟 살의 사랑스러운 소녀였다. 마을에서 가장 머리가 좋았고, 모든 면에서 단연 최고였다. 아이들에게 하프를 가르치고 받은 교습비로 자기 옷을 사 입고 용돈으로 쓸 만큼 야무지고 부지런했다. 그런데 이제 제자들은 하나둘씩 떨어져 나갔다. 젊은이들의 댄스파티에서도 불러주지 않는 처지가 되었다. 모든 친구가 마게트의 집에 발길을 뚝 끊었지만, 빌헬름 메들링만은 예외였다. 즉, 빌헬름 메들링만이 구제받을 수 있는 사람이었다.

마게트는 삼촌과 함께 온갖 무시와 수모를 당하며 슬프고 쓸쓸한 나날을 보냈다. 그들에게 쏟아지던 눈부신 햇살은 사라진 지 오래였다. 지난 2년 동안 형편이 너무나 나빠져서, 해진 옷을 그대로 입어야 했고 빵을 구하기도 점점 어려워졌다. 그리고 이제는 정말 바닥까지 내려갔다. 집을 담보로 솔로몬 이삭에게 돈을 빌렸는데, 내일이 마지막 기한이었다. 내일까지 돈을 갚지 못하면 살고 있는 집마저 내놔야 했다.

2

우리 삼총사는 젖먹이 때부터 항상 붙어 있었다. 처음 보았을 때
부터 서로 좋아했고, 시간이 갈수록 우정은 더욱 깊어졌다. 삼총사 중
첫째로, 니콜라우스 바우만은 이 지방 재판장의 아들이다. 둘째로, 세
피 볼마이어는 지역 최고를 자랑하는 호텔의 지배인 아들이다. 호텔
이름은 '골든 스태그(역주 : 황금 사슴이라는 뜻이다.)'로 근사한 정원과 강
변까지 줄 맞춰 심어진 멋들어진 둥구나무가 유명했다. 유람선도 대
여해주는 끝내주는 호텔이었다. 끝으로 내 이름은 테오도르 피셔다.
아버지는 교회 오르간 반주자였다. 아이들에게 바이올린을 가르치고
곡도 쓰는 마을의 음악 선생으로도 통했다. 세금 징수관과 교회 관리
인 일도 겸했다. 이 외에도 여러 방면으로 마을 공동체를 위해 애쓴
다 하여 모두에게 존경받고 있었다. 우리 삼총사는 마을의 모든 언덕

과 숲 속을 속속들이 꿰뚫고 있었다. 하늘을 나는 새들에게도 절대 뒤지지 않았다. 우리는 틈만 나면 언덕과 숲 속을 돌아다녔다. 물이 얼어 헤엄도 못 치고, 배도 못 타고, 물고기도 잡지 못할 때는 빙판 위에서 얼음을 지치거나 언덕 아래로 미끄럼을 타며 놀았다.

우리는 절벽 꼭대기에 있는 성에도 자유롭게 드나들었다. 이는 결코 흔한 일이 아니었다. 성에서 가장 나이가 많은 하인 펠릭스 브란트가 우리를 특별히 좋아해서 허락해준 일이었다. 우리는 주로 밤에 그를 찾아가 옛날이야기나 신기한 이야기들을 듣곤 했다. 우리는 펠릭스 할아버지와 함께 담배를 피우고(그가 가르쳐주었다) 커피를 마셨다. 할아버지는 젊었을 때 많은 전쟁에 참전한 경험이 있었는데, 빈 전투 당시 터키군이 패하고 도망치면서 남긴 전리품 중 다량의 커피를 발견했다고 한다. 그때 터키 포로들에게서 커피를 맛있게 즐기는 법에 관해 배운 이래로 할아버지는 줄곧 커피를 즐겼을뿐더러, 커피를 모르는 사람들의 감탄을 자아내기도 했다.

폭풍우가 치던 어느 날 밤, 펠릭스 할아버지는 우리를 밤새도록 지켜주었다. 유령 이야기며 전쟁에서 죽은 자, 팔다리가 잘린 자 등등 온갖 무서운 이야기가 쏟아져 나오는 동안 밖에서는 천둥 번개가 요란했다. 그러나 할아버지와 함께 있던 실내는 마냥 즐겁고 포근했다. 할아버지가 들려준 이야기들은 대체로 자신이 실제 겪은 경험담이었다. 할아버지는 젊은 시절 귀신뿐만 아니라 마녀와 마법사도 자주 보았다고 했다. 한 번은 산에서 한밤중에 사나운 폭풍우를 만나 길을 잃었는데, 번개의 섬광에 얼핏 유령 사냥꾼이 비쳤다는 것이다. 유령 사냥꾼은 분노로 씩씩거리면서 귀신 잡는 사냥개들과 함께 휘몰아치는 구름 떼를 뚫고 할아버지를 쫓아왔다. 이뿐만이 아니었다. 할아버지는 악령을 한 번 보았고, 사람의 피를 빨아먹는 대형 박쥐도 몇 번 보았다. 흡혈박쥐들은 잠들어 있는 사람들의 목을 노리는데, 큰 날개로 사람들을 조심스럽게 감싼 다음 계속 졸음에 빠져들게 하여 서서히 목숨을 끊는다고 했다.

펠릭스 할아버지는 유령 같은 초자연적인 존재를 겁낼 이유가 전혀 없다며 우리를 안심시켰다. 유령은 사람에게 해를 끼치는 존재가 024 아니며, 단지 외롭고 고통스러워서 따뜻한 관심과 동정을 기대하며 돌아다니는 거라고 알려주었다. 드디어 우리는 유령을 두려워하지 않는 법을 터득했다. 한밤중에 할아버지와 함께 성의 지하 감옥에 있는 유령의 방에도 가보았다. 그동안 유령은 딱 한 번 나타났는데, 아주 희미하게 눈앞을 스쳐 소리도 없이 공중을 맴돌다가 사라져버렸다. 하지만 우리는 할아버지의 가르침 덕분에 거의 떨지 않았다. 할아버지 말로는, 밤중에 이따금 유령이 나타난다고 했다. 유령은 기분 나쁘게 축축한 손으로 할아버지의 얼굴을 어루만져 잠에서 깨웠지만, 다치게 한 적은 없었다는 것이다. 유령이 바랐던 것은 그저 누군가의 연민과 관심뿐이었다고.

할아버지에게 가장 신기했던 경험은 천사들과 이야기를 나눈 일이었다. 하늘에서 내려온 진짜 천사를 만났다고 했다. 천사들은 날개가 아닌 사람의 옷을 입고 있었고, 말하는 거나 모양새나 행동하는 것이 진짜 사람 같았다. 인간으로서 할 수 없는 신비로운 일 — 가령, 이야기하던 중에 갑자기 연기처럼 사라져버리는 것 — 을 하지 않았다면, 천사라는 사실을 믿을 수 없을 정도였다고 한다. 음산하고 우울한 유령과는 달리 천사들은 유쾌하고 발랄하다고 했다.

펠릭스 할아버지와 그런 이야기를 나눈 때가 5월의 어느 밤이었다. 다음 날 아침 우리는 할아버지와 함께 아침을 먹고 성에서 내려왔다. 다리를 건너 언덕에 오른 뒤 왼편으로, 즉 숲이 우거진 언덕 꼭대기 쪽으로 걸어갔다. 그곳은 우리가 특히 좋아하는 장소였다. 우리는 그늘진 풀밭을 찾아 대자로 뻗고 누웠다. 담배를 피우면서 어제 할아버지가 들려준 신기한 이야기들에 대해 좀 더 이야기를 나눌 생각이었다. 우리는 아직도 유령과 천사 이야기들에서 헤어나지 못하고 있었다. 그런데 담배를 피울 수가 없었다. 깜빡하고 부싯돌과 부시를 두고 온 것이다.

그때 나무들 사이로 한 소년이 나오더니 천천히 우리 쪽으로 걸어왔다. 그리고는 우리 곁에 앉아 다정하게 말을 걸었다. 마치 우리를 잘 아는 것 같았다. 그러나 우리는 아무 대꾸도 하지 못했다. 평소 낯선 이가 익숙하지 않아서인지, 조금 수줍어했다. 소년은 좋은 옷을 입었고, 잘생기고 매력적인 얼굴이었다. 목소리는 명랑했고, 표정이 편안하고 우아해 보였다. 당황한 기색이라고는 전혀 찾아볼 수 없었다. 단정치 못하고, 어색하고, 소심한 또래 사내아이들과는 완전히 다른 분위기였다.

우리는 소년에게 다정하게 대하고 싶었지만, 어떻게 다가서야 할지 방법을 몰랐다. 그때 내가 생각해낸 것이 담배였다. 내가 만약 소년에게 담뱃대를 건넨다면 이를 호의로 받아줄지 궁금했다. 하지만 곧 불이 없다는 사실이 떠오르면서 안타까움과 실망감이 밀려왔다. 그때 소년이 환한 얼굴로 입을 열었다.

"불? 아, 그것은 쉬워. 내가 마련할게!"

나는 너무나 놀라서 말이 나오지 않았다. 한마디도 하지 않았는데 어떻게 내 생각을 알았을까? 소년은 담뱃대를 들고 그 위에 입김을 훅 불어넣었다. 그러자 발그레하게 불이 피어오르더니 파란 연기가 소용돌이를 일으켰다. 우리 삼총사는 모두 벌떡 뛰어올라 냅다 도망쳤다. 당연한 반응이었다. 소년이 제발 가지 말라고 호소하는데도, 우리는 이미 저만치 내달리고 있었다. 나쁜 의도는 전혀 없으며, 단지 우리와 친구가 되고 싶고 어울리고 싶을 뿐이라고 소년은 설득했다. 그 말을 듣고 우리는 달음박질을 멈추었다. 호기심과 놀라움이 발목을 잡아당겼다. 물론, 두려움이 다 사라진 것은 아니었다. 소년은 조심스럽게 설득하며 우리 마음을 안심시켰다. 가만 보니 담뱃대는 폭발하지도 않았고 아무 일도 일어나지 않았다. 그제야 조금씩 마음이 놓였다. 두려움이 줄어든 대신 호기심은 커졌다. 우리는 소년 곁으로 돌아갔다. 물론 느릿느릿 걸어갔고, 여차하면 바로 튈 생각이었다.

소년이 우리를 편안하게 해주려고 정성을 들이는 모습이 눈에 보였다. 솜씨가 제법이었다. 이렇게 열성적이고 단순하고 상냥하면서, 매력적으로 이야기하는 사람을 계속 의심하고 무서워하기란 힘든 법이다. 결국 소년은 우리 마음을 사로잡는 데 성공했다. 우리 삼총사는 금세 긴장이 풀어져서 마음 편히 재잘거리게 되었다. 새로운 친구를 만나게 되어 기분이 한껏 부풀어 올랐다. 거리감이 완전히 사라지자 소년에게 어떻게 그런 신통방통한 재주를 배웠는지 물었다. 소년은 배운 것이 아니라 자연스럽게 생긴 능력이라고 답했다. 게다가 담뱃불 붙이는 것 말고 다른 것도 할 수 있다고 했다.

"다른 거 어떤 거?"

"아주 많아. 몇 개나 되는지는 나도 몰라."

"우리한테 보여줄 수 있어?"

"한번 보여줘 봐!"

다른 아이들도 거들었다.

"너희 다시는 도망가지 않을 거지?"

"절대 안 그럴게. 어서 해봐!"

"좋아. 할게. 하지만 너희도 약속 꼭 지켜야 해. 알았지?"

그러겠노라 다짐하자, 소년은 나뭇잎으로 컵을 만들어 물웅덩이로 가서는 물을 긷고 돌아왔다. 그리고 나뭇잎 컵에 숨을 불어넣은 다음 획 내던졌다. 그러자 컵 모양의 얼음 덩어리로 변했다. 우리는 까무러치게 놀랐다. 정신이 혼미해졌지만, 겁을 내지는 않았다. 우리는 그와 함께 있는 것이 정말 좋았다. 다른 것도 계속해달라고 조르자 소년은 시키는 대로 다 들어주었다. 소년은 우리가 좋아하는 과일을 주고 싶다며 제철 과일이 아니어도 좋으니 무엇이든 말해보라고 했다. 우리는 망설임 없이 외쳤다.

　　"오렌지!"

　　"사과!"

　　"포도!"

　　"호주머니를 봐. 너희가 원하는 과일들이 있을 거야."

　　소년이 말했다. 정말 그랬다. 게다가 품질도 최고인 과일들이었다. 그걸 먹고 나니 더 먹고 싶은 생각이 들었다. 하지만 다들 생각만 할 뿐 말하지는 못했다. 그때 소년이 재빨리 말했다.

　　"너희는 이제 그 과일들이 나온 근원지에 가게 될 거야. 너희가 먹고 싶은 것은 모두 거기에 있어. 굳이 이름을 말할 필요도 없어. 내가 너희와 함께 있는 동안에는 그냥 마음속으로 바라기만 해. 그럼 원하는 것을 찾게 될 거야."

　　이 말은 사실이었다. 이토록 환상적이고 재미있는 일은 처음이었다. 빵, 케이크, 온갖 디저트, 견과류, 원하는 것은 무엇이든 있었다. 하지만 소년은 아무것도 먹지 않고 앉아서 끊임없이 조잘댔다. 그리고는 쉴 새 없이 기묘한 일을 벌이며 우리를 즐겁게 해주었다.

소년은 우선, 찰흙으로 작은 다람쥐 인형을 만들었다. 다람쥐는 순식간에 나무를 타고 올라가 높은 가지에 앉고는 우리를 향해 찍찍 울어댔다. 이어서 생쥐만 한 크기로 작은 개를 만들었다. 그 개는 곧바로 나무 위로 다람쥐를 쫓아 올라갔다. 그리고 잠시 뒤에는 나무 주위에서 춤추듯 뛰어다녔다. 신나서 마구 짖어대는 모습이 진짜 개와 조금도 다르지 않았다. 개가 나무들 사이로 다람쥐를 쫓아다니며 겁을 주는 것 같더니만, 둘은 어느덧 숲 속으로 사라지고 없었다. 다음으로, 찰흙으로 새들을 만들어 날려 보냈다. 그러자 새들이 찍찍 울면서 멀리 날아갔다.

나는 마침내 용기를 내어 물어보았다. 대체 네 정체가 뭐냐고.

"천사야."

소년은 대수롭지 않다는 듯 가볍게 대답했다. 그리고는 새 한 마리를 풀어주고는 손바닥을 치며 날아가게 했다.

천사라는 말에 감탄과 존경심이 밀려왔다. 하지만 다시 두려워졌다. 그러나 소년은 우리가 천사를 두려워할 까닭도 없거니와, 그가 우리를 좋아하니까 걱정할 필요가 없다고 했다. 그리고 계속해서 아무 일도 없다는 듯 수다를 이어갔다. 그러는 동안 소년은 손가락만

한 크기의 사람들을 한 무리 뚝딱 만들어냈다. 장난감처럼 조그마한 사람들이 부지런히 움직이며 약 2야드 정도의 네모진 풀밭을 깨끗이 청소하고 땅을 평평히 골랐다. 그리고는 그 위에 작고 정교한 성을 하나 짓기 시작했다. 여자들은 시멘트 반죽을 섞은 뒤 들통에 담아 머리에 이고 날랐다. 일반 사람들이 하는 방식과 똑같았다. 그리고 늘 하던 일처럼 몸놀림이 능숙했다. 남자들은 돌을 쌓기 시작했다. 500명에 이르는 난쟁이들이 활발하게 돌아다니며 부지런히 땀을 흘렸다. 얼굴에 흐르는 땀을 닦는 모습이 무척 자연스러웠다. 우리가 이 흥미진진한 장면에 푹 빠져있는 동안, 이들의 성이 차츰 윤곽을 드러냈다. 성의 모양과 균형도 거의 갖추어졌다. 우리는 어느덧 긴장감을 잊고 마치 집에 있는 듯 다시금 평안을 되찾았다.

우리에게도 사람을 만들 기회를 줄 수 있느냐고 물었다. 소년은 흔쾌히 승낙하고는 우선, 세피에게 성벽을 보호하는 대포를 만들게 했다. 니콜라우스에게는 창을 든 전사를 몇 명 만들게 했다. 흉갑과 무릎 보호대와 헬멧도 갖추도록 했다. 그리고 내게는 말과 기병들을 만들라는 주문이 떨어졌다. 신기한 점은, 소년이 임무를 맡길 때 우리의 이름을 정확히 불렀다는 것이다. 하지만 우리 이름을 어떻게 알았는지는 설명해주지 않았다. 세피가 소년에게 이름을 물었다. 그러자 소년은 조용히 "사탄"이라고 대답했다. 그런 다음 어떤 부스러기를 한 조각 들어 난간에서 떨어지려는 한 여자를 받쳐 원래 있던 곳으로 밀어 넣었다. 그는 말했다.

"바보 같으니라고! 이렇게 뒷걸음질 치다가 어떻게 될 줄도 모르고."

사탄이라는 소리에 분주하던 우리의 손놀림이 일제히 정지했다. 대포며, 창을 든 전사며, 말들이 바닥에 떨어져 망가졌다. 사탄은 깔깔대며 무슨 일이 있느냐고 물었다.

"아무 일도 아니야. 단지, 천사에게는 좀 이상한 이름인 것 같아서 말이지."

내가 간신히 대답했다. 소년은 왜 이상하냐고 되물었다.

"그러니까……, 그것은 그의 이름이잖아. 너도 알지?"

"맞아. 그분은 내 삼촌이야."

소년은 차분히 대답했지만, 우리는 잠시 숨이 멎었다. 심장이 마구 방망이질 쳤다. 그는 이를 눈치채지 못한 듯, 망가진 작품들을 고쳐주고는 우리에게 마무리하라고 넘겨주었다.

"기억 안 나? 그분도 원래는 천사였어."

"그래, 맞아. 그 생각을 미처 못 했네."

세피가 대답했다.

"에덴동산의 타락 사건 전에는 전혀 흠 없는 분이었지."

"그래, 그는 죄가 없었지."

니콜라우스도 거들었다.

"우리 가문이 얼마나 훌륭한지 알아? 우리 가문보다 더 훌륭한 가문은 없어. 우리 가문에서 죄지은 천사는 그분이 유일하거든."

순간 내 온몸이 뜨겁게 달아올랐다. 그때의 느낌을 나로서는 도저히 설명할 수가 없다. 하지만 정말 신기하고 황홀하고 경이로운 것을 보았을 때의 느낌은 알 것이다. 머리끝에서 발끝까지 뚫고 지나가는 짜릿한 전율을 말이다. 살아서 사탄 가문에 속한 천사를 본다는 것은 그야말로 엄청난 희열이 아닐 수 없었다. 말하지 않아도 알 것이다. 그런 놀라운 존재를 어떻게 주시해야 할지. 입술이 바짝 마르고 호흡도 가빠지지만, 세상 그 어느 곳도 마다하고 오직 그곳에만 있고 싶은 기분을. 나는 소년에게 물어볼 말이 금방이라도 튀어나올 것처럼 많았지만, 간신히 참았다. 실례가 될까 봐 차마 물어볼 수 없었다. 사탄은 황소 한 마리를 만들고 땅에 내려놓았다. 그리고 미소를 지으며 내게 말했다.

"그것은 실례가 아니야. 만약 그렇다 해도 용서해 줄게. 내가 그분을 본 적이 있냐고? 백만 번도 더 보았어. 내가 천 살이던 어린 시절부터 나는 그분이 두 번째로 좋아하는 보육 천사였거든. 그래. 사람의 표현대로 하자면, 나는 우리 가문과 혈통의 보육을 담당하는 천사였어. 그때부터 타락 사건 때까지 너희 사람들 계산으로 하면 8천 년이라는 시간이 흘렀단다."

"8천 년이라고?"

"그래."

소년은 이어서 세피를 향해 말했다. 세피의 생각을 읽은 것 같았다.

"그런데 왜 내가 소년처럼 보이냐고? 이게 내 진짜 모습이기 때문이야. 너희가 시간이라고 부르는 것은 우리에게는 훨씬 길어. 천사가 성인으로 자라려면 굉장히 오랜 세월이 필요하단다."

나도 의문이 생겼다. 그러자 사탄이 바로 내게 몸을 돌려 대답했다.

"너희 식대로 말하자면, 나는 지금 만육천 살이야."

이어서 니콜라우스에게 몸을 돌려 말했다.

"아니야. 타락 사건은 내게도 다른 친척에게도 전혀 영향을 주지 않았어. 선악과를 먹고 선악과로 남자와 여자를 유혹한 것은 오직 그분뿐이지. 나는 그분의 이름을 따랐을 뿐이고. 우리 가문의 다른 천사들은 아직 죄를 몰라. 천사들은 죄를 지을 능력이 없거든. 전혀 흠이 없고 항상 그 상태에 머물러 있어. 우리는……."

그때 벌들이 윙윙거리는 듯한 조그마한 목소리가 들려왔다. 자세히 보니, 난쟁이 일꾼 두 명이 싸우면서 서로 저주하고 욕설을 내뱉고 있었다. 서로 주먹을 날리고 피가 튀기는 위태로운 혈투가 이어졌다. 순간 사탄이 손을 뻗어 그들을 붙잡았다. 그리고 손가락으로 그들을 으스러뜨려 죽인 다음 시신을 획 던져버렸다. 그러고 나서 손수건을 꺼내 손가락에 남은 핏자국을 닦아냈다. 사탄은 하던 말을 이어 갔다.

"우리는 악을 저지를 수 없어. 우리의 성향 자체가 나쁜 짓을 할 수 없거든. 우리는 악행이 무엇인지 몰라."

이런 상황에 도저히 어울리지 않는 괴상한 말이라는 것을 우리는 간신히 알아챘다. 우리는 이 잔인한 살상에 너무나 충격을 받아 슬픔에 잠겼다. 자기에게 아무 잘못도 하지 않은 사람들을 죽이다니……, 그것은 정상참작이나 변명의 여지가 없는 분명한 살인이었다. 우리 삼총사는 너무나 비참해졌다. 우리는 그를 사랑했고, 그를 고귀하고 아름답고 자애롭다고 생각했는데, 게다가 정말 그를 천사라고 믿었는데. 그에게 이런 잔인한 일을 하게 만들다니……. 아! 그가 이렇게 추락하다니, 우리가 그를 얼마나 자랑스럽게 여겼는데!

하지만 사탄은 마치 아무 일도 없었다는 듯 계속해서 떠들어댔다. 우리 태양계에 있는 거대한 세상들뿐만 아니라 우주에서 까마득히 멀리 떨어진 다른 태양계에 다녀온 여행담이며, 흥미로운 경험담들이 입에서 줄줄이 흘러나왔다. 다른 태양계에 사는 불사신들의 풍습 이야기는 정말로 황홀하고 매혹적이고 재미있었다. 바로 그 순간 눈앞에 애처롭고 안타까운 장면이 펼쳐졌는데도 우리는 그의 이야기에 매료되어 헤어나지 못했다. 사망한 두 남자의 아내가 형체도 알아볼 수 없게 으스러진 시신을 발견하고는 한탄과 눈물과 통곡을 쏟아내고 있었다. 곧이어 한 사제가 무릎을 꿇고 앉아 가슴에 성호를 긋고 기도했다. 슬픔에 잠긴 친구들이 우르르 몰려와 경건하게 모자를 벗고 고개를 숙였다. 그들이 흘린 눈물이 땅바닥을 온통 적셨다. 사탄은 여기에 눈길도 주지 않다가, 흐느끼고 기도하는 소리가 신경에 거슬렸는지, 갑자기 몸을 뻗어 우리가 앉은 그네의 두꺼운 나무판을 뽑았다. 그런 다음 마치 파리를 잡듯 난쟁이들을 쳐서 땅에 대고 으깨버렸다.

사탄은 다시 태연하게 하던 말을 이어갔다. 저런! 천사가 사제를 죽이다니! 나쁜 짓은 할 줄도 모른다던 천사가 수백 명의 속수무책인 가엾은 사람들을 무참히 살해하다니! 그것도 자기에게 아무런 잘못도 하지 않은 무고한 사람들을 말이다. 그런 끔찍한 행위를 보는 것이 정말 불편하기 짝이 없었다. 사제를 제외하면 죽음에 대해 전혀 준비되지 않은 사람들이었다. 이들은 미사에 대해 들어본 적도 없고, 교회를 본 적도 없는 사람들이었다. 우리는 살인 현장을 목격한 증인들이었다. 우리에게는 이 사건을 증언해야 할 의무가 있었고, 결과는 법에 맡겨야 했다.

그러나 사탄은 쉬지 않고 떠들어댔다. 치명적으로 감미로운 목소리로 또다시 우리를 마법에 빠트렸다. 사탄은 우리의 기억을 깡그리 지워버렸다. 우리가 할 수 있는 일은 단지 그의 목소리를 듣고, 그를 사랑하고, 그의 노예가 되어 그의 뜻대로 함께하는 것뿐이었다. 우리는 이미 그와 함께 있다는 환희에 취해 있었다. 그의 눈으로 하늘을 보았고, 그의 손끝에서부터 우리의 정맥으로 전해지는 짜릿한 황홀감에 넋을 놓고 있었다.

3

이 이방인은 모든 것을 보았고, 모든 곳에 있었으며, 모든 것을 알았다. 그리고 아무것도 잊어버리지 않았다. 주목할 것은, 그가 무엇이든 단번에 배운다는 사실이었다. 그에게 어려움이란 단어는 존재하지 않았다. 무언가에 관해 이야기하면서 그것을 당장 살아 있는 존재로 만들어내는 것도 그에게는 지극히 쉬운 일이었다. 사탄은 이 세상이 창조되는 것과 아담이 탄생하는 것을 보았다. 삼손(역주 : 삼손은 구약성서 「사사기」 13~16장에 나오는 이스라엘의 사사로 괴력을 타고난 인물이다.) 이 자기 몸으로 신전 기둥을 밀어 신전을 무너뜨리고 자기도 그 잔해속에 묻혀 죽는 것을 보았다. 시저(역주 : 시저의 본명은 율리우스 카이사르로 B.C.100~B.C.44 동안 생존했던 로마제국 시대의 정치가이자 장군이다.)가 죽는것도 보았다.

사탄은 우리에게 하늘나라에서 보냈던 일상을 들려주었다. 지옥의 시뻘건 불바다에 빠져 고통에 몸부림치는 저주받은 자들도 보았다고 했다. 우리에게도 그 장면을 보여주었다. 우리는 마치 현장에 있는 듯 지옥의 저주받은 자들을 똑똑히 보았고, 그들의 감정까지도 느낄 수 있었다. 하지만 이 이방인에게 그들은 단순한 구경거리 이상은 아니었다. 그럴 만한 증거는 찾을 수 없었다. 비명을 지르며 고통을 호소하는 가련한 아이들과 젊은 남녀들이 눈앞에 있는 끔찍한 지옥의 현실……, 우리로서는 도저히 감당이 안 되는 광경이었다. 그런데 이 이방인은 아무런 느낌이 없어 보였다. 마치 가짜 화덕 안에서 바글거리는 가짜 쥐들을 감상하는 듯 무심했다.

인간에 관해 이야기할 때도 마찬가지였다. 사탄은 아무리 위대하고 훌륭한 위인들의 업적이라 해도 자기에게는 너무나 시시하고 형편없는 것이라며 깎아내렸다. 우리가 기분이 좋을 리 없었다. 그의 태도는 사람을 마치 파리처럼 이야기하는 것이라고 보면 맞을 것이다. 한 번은 사탄이 인간을 노골적으로 비아냥댄 일이 있었다. 인간은 누구나 천사인 자기에게 관심이 많다는 이유였다. 둔하거나 무지하거나, 하찮거나 거만하거나, 병들거나 몸이 약하거나, 추레하거나 어느 모로 보나 무가치하거나 모든 사람이 자기에게 집착한다고 했다. 그는 이런 말을 아주 당연한 듯 아무런 거리낌 없이 내뱉었다. 벽돌이나 거름처럼 별로 중요하지도 않고 아무 감정도 없는 존재에 관해 말하는 것 같았다. 물론 그에게 악의가 있다고는 생각하지 않았지만, 나는 그게 좋은 매너는 아니라고 속으로 생각했다.

"매너라고?"

사탄이 바로 맞받아쳤다.

"그것은 그냥 진실일 뿐이야. 진실은 그야말로 훌륭한 매너이지. 게다가 매너는 사람들이 지어낸 허구에 불과해. 자, 성이 다 지어졌군. 어때, 좋아?"

우리가 그 성을 좋아할 의무는 없었다. 그런데 정말 아름다운 성인 것만은 분명했다. 모양새가 아주 세련되고 훌륭했다. 작은 첨탑 위에 펄럭이는 앙증맞은 깃발들까지 모든 부속물이 매우 정교하게 다듬어졌다. 이제 대포와 창을 든 전사와 기병들을 배치할 차례라고 사탄이 일러주었다. 우리가 만든 군사와 말들은 정말 그럴싸했다. 생각했던 대로 아주 조그맣게 잘 만들어졌다. 하지만 우리의 솜씨가 좋은 것은 아니었다. 사탄은 자기가 본 것 중 최악의 작품이라 평가하고는, 자기 손길로 그것들을 살아 움직이게 했다. 살아난 군사와 말들은 다리 길이가 제각각이어서 움직이는 모습이 아주 우스꽝스러웠다. 마치 술에 취한 듯 몸을 비틀거리며 팔다리를 제멋대로 뻗었다. 주변 사람들에게 피해를 줄 정도였다. 결국, 우리가 만든 사람들은 균형을 잃고 속수무책으로 바닥에 쓰러져 서로 발길질을 해댔다. 보기에는 안쓰러웠지만, 웃음이 터져 나오는 것을 참을 수 없었다. 대포는 흙으로 장전되어 발사를 기다렸다. 그런데 구부러지기도 했고, 잘못 만들어지기도 해서 포가 발사될 때 완전히 폭발해버렸다. 몇몇 군사가 죽고 부상자도 발생했다. 사탄은 이제 곧 폭풍우와 지진이 있을 테니 약간 뒤로 물러나 위험을 피하라고 했다. 우리는 성의 다른 사람들에게도 알리려 했지만, 그는 신경 쓰지 말라고 했다. 아무 의미 없는 사람들이고, 필요하면 나중에 더 만들면 된다는 것이었다.

작은 먹구름이 성을 캄캄하게 뒤덮기 시작했다. 번개가 치고 천둥이 몰려오자 이내 땅이 흔들렸다. 바람 소리가 사나워지면서 비가 거세게 쏟아졌다. 사람들은 성의 안전한 곳으로 모두 몰려들었다. 먹구름이 더욱 짙어졌고 이제 성은 어둑어둑해졌다. 섬광으로 번쩍거리던 번개가 성을 관통하여 불을 질렀다. 시뻘건 불꽃이 타오르더니 구름을 뚫고 솟구쳤다. 비명을 지르며 뛰쳐나가는 사람들을 사탄은 손으로 쓱 밀어서 원위치에 데려다 놓았다. 우리가 아무리 사정하고 울부짖어도 사탄은 들은 척 만 척했다. 강풍이 휘몰아치고 우레가 빗발치는 가운데 화약고가 터지고 말았다. 그러자 지진이 나면서 땅이 크게 갈라졌다. 성이 무너져 깊은 골에 파묻히더니, 잠시 후 시야에서 완전히 사라졌다. 성이 있던 자리는 흙이 덮어버렸다. 죄 없는 사람들도 모두 땅속에 갇혀버렸다. 500명 중 단 한 사람도 피신하지 못했다. 우리는 심장이 찢어질 듯 마음이 아팠다. 눈물이 멈추지 않았다.

"울지 마. 아무 가치 없는 사람들이었어."

사탄이 말했다.

"하지만 그들은 지옥에 갔다고!"

"아, 그것은 중요한 것이 아니야. 우리는 더 많은 사람을 만들 수 있어."

사탄의 생각을 바꿔보려 했으나 부질없는 짓이었다. 감정이라고는 눈곱만큼도 없는 것이 분명했다. 사탄이 내 뜻을 이해하는 것은 불가능해 보였다. 이토록 엽기적인 학살을 저지르고도 마치 결혼식장에 온 사람처럼 흥겨워하다니, 그의 뇌에는 거품만 가득할 거라고 생각했다. 사탄은 우리도 자기와 같은 감정을 품게 하려고 심혈을 기울였다. 결국에는 그의 마법이 성공을 거두었다. 당연히 그에게는 어려울 게 없는 일이었다. 이리하여 우리는 그의 꼭두각시가 되고 말았다.

얼마 안 있어 우리는 학살 현장에서 춤을 추었다. 사탄은 호주머니에서 기묘하게 생긴 악기를 꺼내 들고 무언가를 연주했다. 악기 소리가 무척 감미로웠다. 게다가 그 곡조란! 세상 어디에도 없는, 천상에서나 있을 법한 멜로디였다. 하늘나라에서 가져온 음악이라고 사탄이 설명해주었다. 그 곡이 우리를 미치도록 황홀하게 했고, 사탄에게서 눈을 뗄 수 없게 만들었다. 우리 마음을 담은 눈과 표정, 그 소리 없는 웅변이 그를 향한 경배가 되었다. 사탄이 다시 하늘의 춤을 가져오자 천국의 기쁨으로 가득했다.

사탄은 이제 볼일이 있어 먼 길을 떠나야 한다고 했다. 하지만 사탄과 헤어지는 것은 우리에게 이미 상상할 수 없는 일이 되었다. 우리는 제발 가지 말라고 간청하며 매달렸다. 사탄은 이런 반응에 흡족해하며 우리 부탁을 받아들였지만, 머지않아 떠나야 한다고 했다. 우리는 자리에 앉아 몇 분 더 이야기를 나누었다. 그는 사탄이라는 본명은 우리끼리만 알아야 한다며 다른 사람들 앞에서는 다른 이름으로 불리기를 바랐다. 이를테면 '필립 트라움' 같은 평범한 이름으로. 사탄처럼 대단한 존재에게는 어울리지 않는 너무나 이상하고 천박한 이름이라고 생각했지만, 그가 그렇게 결정을 내린 이상 할 말이 없었다.

그날 우리는 정말 놀라운 일들을 겪었다. 집에 돌아가서 그 놀라운 일들을 이야기해줄 생각만으로도 즐거워졌다. 사탄이 내 생각을 읽고는 이렇게 경고했다.

"안 돼! 이것은 우리 네 명만 아는 비밀이야. 말하고 싶은 마음까지는 받아줄 수 있지만, 그 이상은 안 돼. 내가 너희 혀를 막아서 비밀이 새어나가지 않게 할 거야."

안타깝지만 어쩔 수 없는 일이었다. 다들 아쉬움의 탄식을 토해냈다. 우리의 즐거운 수다는 한동안 계속 이어졌다. 사탄은 늘 우리의 생각을 읽고 반응했다. 내가 볼 때 그의 가장 신기한 능력은 바로 남의 생각을 읽는 것이었다. 그때 사탄이 끼어들며 내 사색을 중단시켰다.

"아니야. 너한테는 신기한 일이겠지만, 나한테는 전혀 그렇지 않아. 나는 너와 달리 한계가 없거든. 나는 인간의 조건에 조금도 얽매이지 않는다고. 나는 인간의 약점을 연구해서 잘 알지만, 그런 약점이 나한테는 없어. 내 피부는 만져보면 단단해 보이지만, 진짜 살은 아니야. 내 옷도 진짜가 아니고. 나는 영(靈)이야……. 저기 피터 신부님이 오고 있어."

주변을 둘러보았지만, 아무도 보이지 않았다.

"아직 너희 시야에 포착되지 않은 거야. 이제 곧 보일 거야."

"사탄, 너도 피터 신부님을 알아?"

"아니."

"신부님이 오면 함께 이야기 나눠보지 않을래? 그분은 우리처럼 무지하지도, 둔하지도 않거든. 그분도 너와 이야기하고 싶어 할 텐데. 어때?"

"그것은 다음에 하자. 지금은 안 돼. 나는 잠시 후에 볼일이 있어서 떠나야 하거든. 어, 저기 온다. 이제 보일 거야. 얌전히 앉아 있어. 아무 말도 하지 말고."

고개를 들어보니 밤나무 사이로 피터 신부님이 걸어오고 있었다. 우리 셋은 풀밭에 앉아 있었고 사탄은 길 쪽으로 우리 앞에 앉았다. 피터 신부님은 고개를 수그리고 사색하듯 느릿느릿 걷다가 우리와 약 2야드 떨어진 곳에서 멈춰 섰다. 밀짚모자를 벗고 실크 손수건을 꺼내 얼굴에 흥건한 땀을 닦아낸 다음, 찡그린 얼굴로 우리에게 눈길을 주었다. 말을 걸 것 같은 표정이었지만, 그러지 않았다. 신부님은 혼자 중얼거렸다.

"내가 어떻게 여기까지 왔는지 도저히 모르겠군. 1분 전만 해도 공부 중이었던 것 같은데. 아마도 한 시간쯤 몽상에 잠기다가 나도 모르게 여기까지 걸어왔나 보군. 요즘 너무 힘들어서 그런지, 내 몸이 내 몸 같지가 않아."

피터 신부님은 계속 중얼대며 걸어오더니 사탄의 몸을 관통해서 지나갔다. 마치 거기에 아무것도 없는 것처럼! 우리는 숨이 턱 막혔다. 깜짝 놀랄 일이 벌어지면 누구나 그렇듯 우리도 소리를 지르려고 했다. 그런데 신기하게도 무언가 우리 입을 막았다. 다만, 심장 박동이 빨라졌을 뿐이었다. 잠시 뒤 신부님이 나무들 사이로 사라지자 사탄이 입을 열었다.

"내가 말했지? 나는 영이라고."

"그래. 이제 드디어 한 사람이 그 사실을 감지했겠구나."

니콜라우스가 말했다.

"하지만 우리는 영이 아니잖아. 신부님이 너를 보지 못하는 것은 당연해. 그런데 우리는? 우리도 안 보이는 거야? 우리한테 눈길은 보냈는데 우리를 못 보는 것 같았어."

"맞아. 그는 우리가 모두 보이지 않았어. 내 뜻대로 된 거야."

도저히 믿을 수 없을 정도로 황홀한 일이었다. 지금 우리 앞에 너무나 비현실적이고 멋진 일이 펼쳐지고 있었다. 게다가 그것은 꿈이 아니었다. 우리처럼 생긴 누군가 — 아주 자연스럽고 단순하고 매력적이며, 끊임없이 종알대는 — 가 바로 앞에 있는데 그를 뚫고 지나가다니! 그때 그 기분은 말로는 도저히 형용할 길이 없다. 언어가 포착할 수 없는 황홀감이라고나 할까? 말로는 설명이 안 되고 감각으로만 느낄 수 있는 음악 같다고나 할까? 까마득히 머나먼 시대에서 살다가 현재로 돌아온 사탄은 지금 우리 앞에 태고 시대를 되살리고 있었다. 그 머나먼 세월 동안 이루 헤아릴 수 없이 많은 일을 경험한 사탄을 우리가 지금 본다는 것 자체가 경이로운 일이었다. 그리고 누군가의 뒤에서 그런 경험을 한다는 생각만으로도 황홀해서 쓰러질 지경이었다.

이 이야기를 듣고 인간이라는 존재가 너무나 가련하고 하찮게 여겨질지도 모르겠다. 지극히 시시한 날, 그것도 아주 짧은 순간에 창조된 생명체라고 인간을 생각할지도 모르겠다. 그도 그런 것이, 사탄은 인간의 자존심을 살려주는 말을 조금도 하지 않았다. 정말 단 한마디도! 그는 인간에 관해 이야기할 때 언제나 한결같이 관심 없다는 듯 시큰둥하게 표현했다. 마치 벽돌이나 퇴비 더미를 이야기하는 것 같았다. 사탄에게 인간은 어떤 면에서도 중요한 존재가 아니었다. 그렇다고 우리에게 상처를 주려는 의도가 있었다고는 생각하지 않는다. 우리가 벽돌을 모욕하려고 깎아내리는 것이 아닌 것처럼 말이다. 인간에게 벽돌의 감정 따위는 아무것도 아니지 않나! 벽돌이 지금 어떤 느낌일까 생각하는 사람은 없다.

사탄이 세상에서 가장 걸출한 왕들과 정복자들, 시인들과 예언자들, 그리고 해적들과 거지들을 한꺼번에 싸잡아 이야기한 적이 있었다. 그들이 모두 한낱 돌무더기에 지나지 않는 것처럼 말이다. 그때 나는 인간을 옹호하려다가 창피를 당했다. 그리고 물어보았다. 대체 왜 인간과 그를 그토록 심하게 차별해서 이야기하는지. 그는 잠시 고민하는가 싶더니 왜 그런 이상한 질문을 하는지 이해할 수 없다는 표정으로 되물었다.

"나와 인간의 차이라고? 불멸의 존재와 유한한 존재의 차이를 묻는 거야? 아니면 영혼과 구름의 차이?"

사탄은 나무껍질 위로 스멀스멀 기어가는 쥐며느리 한 마리를 잡고는 이렇게 물었다.

"이 쥐며느리와 시저가 뭐가 다르지?"

"본질적으로, 공간적으로 비교할 수 없는 존재들을 비교할 수는 없는 거야."

내가 대꾸했다.

"네 질문에 대한 답이 바로 그거야."

사탄이 말했다.

"자세히 설명해주지. 나는 최초의 인간이 탄생하는 장면을 보았는데 인간은 흙으로 만들어졌어. 하지만 나는 흙으로 만들어지지 않았지. 인간은 질병의 온상이고 온갖 잡다한 것들의 집합소야. 오늘 와서 내일 떠나는 존재, 흙으로 시작해서 악취로 끝나는 존재가 바로 인간이야. 하지만 나는 불멸의 계급에 속하지. 게다가 인간은 도덕관념을 가지고 있어. 무슨 말인지 알아? 도덕관념 말이야. 인간과 내 차이점은 그것만으로도 충분해."

사탄은 이제 문제가 깨끗이 해결되었다는 듯 말을 멈췄다. 그런데 나는 안타깝게도 도덕관념이 무엇인지 개념이 잘 떠오르지 않았다. 다만, 우리가 도덕관념을 자랑스러워한다는 사실은 잊지 않았다. 그래서 나는 그의 말에 상처를 받았다. 그때 내 기분은 뭐랄까…… 이를테면, 모두가 감탄하는 예쁜 장신구를 낯선 이가 흉보며 놀리는 소리를 우연히 들은 여자아이의 기분이라고나 할까? 잠시 동안 우리는 아무 말이 없었고, 나는 풀이 죽어있었다. 그러자 사탄이 재미있는 이야기를 들려주었다. 쾌활한 그의 생기가 분위기를 환하게 바꾸자, 나 또한 활기를 되찾았다. 그의 입에서 기묘한 이야기가 술술 흘러나왔고, 우리의 웃음소리도 끊이질 않았다. 삼손 이야기를 할 때는 사탄도 그 장면이 떠올라 큰 소리로 깔깔댔다. 삼손이 여우들의 꼬리를 묶고 거기에 횃불을 단 다음 여우들을 블레셋 사람들의 옥수수밭에 풀어

놓았다는 이야기는 성경에서 배운 것과 같았다. 그러나 그 후 삼손이 담장 위에 앉아 옥수수밭이 불타는 장면을 구경하다가 너무나 통쾌해서 허벅지를 치고 눈물, 콧물까지 쏙 빼며 폭소를 터뜨리다가 그만 균형을 잃고 담장 뒤로 넘어졌다는 이야기는 처음이었다. 우리 생애에 그때만큼 행복하고 즐거운 시간은 없었다. 잠시 후 사탄이 말했다.

"이제 떠날 때가 되었어."

"가지 마!"

우리는 일제히 소리쳤다.

"그냥 여기에 우리와 함께 있어. 너는 다시 돌아오지 않을 거야."

"아니야. 다시 올 거야. 약속할게."

"언제? 오늘밤? 언제 올지 말해."

"그리 오래 걸리지는 않을 거야. 곧 알게 되겠지."

"우리는 네가 좋단 말이야."

"나도 마찬가지야. 내가 너희를 좋아한다는 증거로 근사한 장면을 보여주지. 나는 떠날 때 보통은 그냥 사라지지만, 오늘은 서서히 녹아 없어질 거야. 그 장면을 보여줄게."

사탄이 자리에서 일어나자마자, 순식간에 용해 과정이 진행되었다. 처음에는 몸이 차츰 줄어들더니, 결국 비눗방울이 되었다. 그러나 그의 모습만은 그대로 있었다. 비눗방울에 사물이 비치는 것처럼 그의 투명한 몸을 뚫고 뒤에 있던 나무들이 훤히 비쳤다. 머리 위로는 알록달록한 무지갯빛 비눗방울들이 반짝였고, 부풀어 오른 비눗방울에서 흔히 볼 수 있는 창틀 같은 무늬도 눈에 띄었다. 비눗방울이 터지기 전에 바닥을 치고 가볍게 서너 번 통통 튀어 오르듯이 사탄도 그렇게 했다. 사탄 모양의 비눗방울이 잽싸게 움직이며 풀밭에 부딪히고 통통 튀고 둥둥 떠다니다가 다시 바닥을 치기를 반복하더니 드디어 뻥 터지고 말았다. 그가 있던 자리는 순식간에 텅 비어버렸다.

이토록 신기하고 황홀한 장면은 난생처음이었다! 우리는 할 말을 잃고 그저 감탄사만 연발했다. 우리는 바닥에 주저앉아 꿈을 꾸는 것처럼 연신 두 눈을 깜박거렸다. 가장 먼저 몽상에서 깨어난 아이는 세피였다. 세피는 탄식을 토해내며 애절하게 말했다.

"보고도 믿어지지가 않아."

니콜라우스의 반응도 마찬가지였다.

친구들의 반응에 나는 참담했다. 나 역시 그들처럼 공포로 등골이 오싹했던 것이다. 그때 마침 가엾은 피터 신부님이 돌아오고 있었다. 고개를 수그린 모습이 땅바닥에서 무언가를 찾고 있는 듯했다. 우리 곁에 가까이 다가선 신부님은 우리를 발견하고는 물었다.

"얘들아, 언제부터 여기에 있었니?"

"얼마 안 됐어요, 신부님."

"내가 여기 온 이후에 온 모양이로구나. 그럼 나를 좀 도와줄 수 있니? 너희도 이 길로 온 거 맞지?"

“네, 신부님.”

“잘됐구나. 나도 이 길로 왔는데 그만 지갑을 잃어버렸지 뭐냐. 돈은 많지 않지만, 나한테는 적은 돈도 아주 큰돈이란다. 그것이 내 전 재산이었거든. 혹시 지갑 같은 거 본 적 없니?”

“못 봤어요, 신부님. 하지만 우리도 함께 찾아볼게요.”

“내가 부탁하려던 말인데……. 어, 여기 찾았다!”

조금 전까지만 해도 없었던 지갑이 거기에 있었다. 사탄이 자기 몸을 녹여 사라진 바로 그 지점이었다. 사탄의 몸이 녹아내린 것이 사실이었다면 말이다. 그것은 망상이 아니었다. 지갑을 집어 든 피터 신부님은 너무나 놀라 두 눈이 휘둥그레졌다.

“지갑은 내 것이 맞아. 그런데 내용물은 아니야. 이 지갑은 두툼한데 내 지갑은 얇거든. 내 것은 가벼운데 이것은 아주 묵직해.”

신부님이 지갑을 열자 지갑이 터질 것처럼 금화가 가득했다. 신부님이 우리에게도 마음껏 구경하라고 했다. 우리는 사양하지 않았다. 그렇게 많은 돈을 한꺼번에 본 적이 없었으니 당연했다. 우리 삼총사는 모두 입을 모아, “이것은 사탄의 짓이야!”라고 외치려고 했지만, 아무 소리도 새어 나오지 않았다. 사탄이 우리의 입을 막은 것이었다. 자기가 싫어하는 말을 하지 못하도록 우리 혀를 막겠다고 한 것이 이런 거였다.

“애들아, 너희가 이렇게 한 거니?”

이 물음에 우리는 모두 깔깔대고 웃었다. 이 말을 한 신부님 역시 웃음이 나기는 마찬가지였다. 스스로 생각해보아도 바보 같은 질문이었다.

"여기 누가 있었지?"

우리는 대답하려고 했지만, 아무도 입을 열지 못했다. "아무도 없었어요."라는 대답은 사실이 아니었기에 말할 수 없었고, 진실한 말은 나오지 않을 것 같았다. 그때 내게 적절한 표현이 떠올랐다.

"사람은 아무도 없었어요."

"맞아요."

다른 아이들이 맞장구쳐주었다.

"그렇지 않아."

피터 신부님은 이렇게 말하고 우리를 아주 엄한 눈빛으로 노려보았다.

"내가 얼마 전에 왔는데, 여기에 아무도 없었어. 하지만 그것은 상관없어. 그 후 분명 누군가 여기에 왔으니까. 너희가 오고 나서 그 사람이 지나갔다는 뜻은 아니야. 너희가 그 사람을 보았다는 뜻도 아니고. 하지만 누군가 지나간 것만은 분명해. 정말 아무도 못 봤다고 맹세할 수 있니?"

"사람은 못 봤어요."

"그만하면 됐다. 너희 말이 사실이라고 믿는다."

신부님은 길에서 돈을 셌다. 우리도 무릎을 꿇어 돈을 가지런히 쌓는 일을 도와주었다.

"1,100더컷(역주 : 더컷이란 금화 또는 은화의 단위로 중세 후반부터 20세기까지 유럽에서 통용되던 동전이다.) 남짓이네! 오, 이런! 이게 내 돈이었다면! 나한테도 돈이 필요한데!"

신부님은 목이 메어 말을 잇지 못했다. 그의 입술이 바르르 떨렸다.

"이것은 신부님 거예요! 전부 다요!"

우리는 이구동성으로 소리쳤다.

"이것은 내 돈이 아니야. 내 돈은 4더컷뿐이라고. 나머지는······!"

늙고 가엾은 신부님은 꿈을 꾸듯 금화 몇 개를 손으로 만지작거렸다. 희끗희끗한 머리카락이 듬성듬성한 노인이 지금 자기가 어디에 있는지도 잠시 잊고 무릎을 꿇고 있었다. 그 모습을 보기가 안쓰럽기 짝이 없었다. 신부님은 몽상에서 깨어나 이렇게 말했다.

"아니야. 이것은 내 돈이 아니야. 나는 이 돈을 내 맘대로 처리할 수 없어. 아마도 내 적이······ 이것은 함정이 틀림없어."

니콜라우스가 반박했다.

"피터 신부님, 우리 마을에서 신부님이나 마케트의 적은 없어요. 물론, 점성술사를 제외한다면요. 그리고 아무리 적개심이 있다 해도 신부님한테 1,100더컷이나 주면서 비열하게 유혹할 수 있는 부자는 없어요. 그렇잖아요, 신부님?"

니콜라우스의 이 주장은 신부님을 설복시키지는 못했지만, 신부님에게 힘이 되기에는 충분했다.

"하지만 내 돈이 아니잖아. 어쨌든 내 것이 아니야."

아쉬운 듯 말했지만, 신부님은 전혀 서운할 것이 없는 사람 같았다. 자신을 반박하는 사람이 있어서 오히려 기쁘다는 표정이었다.

"이 돈은 피터 신부님 거예요. 우리가 증인이에요. 안 그러니, 얘들아?"

"맞아요. 우리가 증명할게요."

"너희의 따뜻한 마음씨를 축복한다. 너희 설득에 거의 넘어갈 뻔했구나. 정말이야. 내 돈이 100더컷만 조금 넘었더라도! 사실 우리집을 담보로 넘겼는데 내일까지 돈을 갚아야 하거든. 그러지 못하면, 나는 이제 머리 둘 곳조차 없는 신세가 될 거야. 하지만 내 재산은 4더컷이 전부란다."

"이것은 모두 신부님 돈이에요. 방금 신부님이 얻은 거라고요. 우리가 보증인이 될게요. 테오도르야, 세피야, 그렇지?"

우리 모두 그렇다고 대답했다. 니콜라우스는 모든 돈을 신부님의 낡고 허름한 지갑에 아무렇게나 쑤셔 넣고 신부님에게 돌려주었다. 결국 신부님은 그중 200더컷만을 사용하겠다고 했다. 그 돈이면 신부님의 집을 지킬 수 있었기 때문이다. 그리고 나머지 돈은 진짜 주인이 나타날 때까지 이자를 붙여서 돌려주겠다고 했다. 우리는 신부님이 그 돈을 얻게 된 경위를 적은 문서에 서명하기로 했다. 신부님이 부정직한 방법으로 돈을 갈취한 것이 아님을 마을 사람들에게 증명해줄 문서였다.

4

다음 날, 피터 신부님은 솔로몬 이삭에게 빚을 갚고 나머지 금화
도 이자를 부탁하며 맡겼다. 이에 온 마을이 술렁이기 시작했다. 신
부님에게 기분 좋은 변화도 일어났다. 많은 사람이 집에 찾아와 축하
인사를 건넸고, 등을 돌리고 떠났던 옛 친구들도 다시 다정한 친구가
되어 돌아왔다. 마게트 역시 또래들의 파티에 초대되었다.

피터 신부님의 금화에 대해 의혹을 품는 사람은 없었다. 신부님은
자기에게 일어났던 일을 사실 그대로 이야기해주었다. 자세히 설명
할 수는 없지만, 신의 손길이 자기를 도왔다는 생각밖에 들지 않는다
고 덧붙였다.

이 말에 고개를 갸우뚱한 사람이 한두 명 정도 있었다. 그들은 그
것이 분명 사탄의 짓일 거라고 중얼거리며 다녔다. 무지한 사람들치

고는 정말 놀랍도록 뛰어난 추리력이지 않나! 몇몇 사람은 남몰래 부지런히 돌아다니며 우리 삼총사를 찾아냈다. 그리고 우리에게 "진실을 말하라"고 추궁했다. 진실이 너무나 궁금해서 개인적으로 알고 싶을 뿐 아무에게도 말하지 않겠다면서 우리를 살살 구슬렸다. 심지어는 돈을 주고 비밀을 사겠다는 사람도 있었다. 우리가 사실을 꾸며내기만 했어도 돈을 버는 거였다. 하지만 소설을 쓰는 기발한 재간이 없어서 안타깝게도 좋은 기회를 날렸다.

우리는 금화의 비밀을 아무 문제없이 잘 지켜냈다. 그러나 다른 비밀이 있었다. 우리의 애간장을 태웠던 어마어마하고 대단한 비밀. 우리는 그 비밀을 폭로하여 사람들을 깜짝 놀라게 해주고 싶어서 안달이 나 있었지만, 결국 비밀을 지켜냈다. 아니, 비밀이 저절로 지켜졌다는 편이 맞을 것이다. 사탄의 말은 사실이었다. 우리 삼총사는 매일 숲 속으로 가서 사탄에 관해 이야기를 나누었다. 우리의 머릿속에는 온통 사탄 생각뿐이었다. 사탄 외에는 아무 데도 관심이 가지 않았다. 우리는 밤낮으로 살피며 사탄이 오는지 초조하게 지켜보았다. 조바심이 매일 한 뼘씩 늘어만 갔다. 반면, 다른 아이들에게는 관심이 완전히 사라졌다. 놀이는 물론이고, 친구들끼리 어울리는 자리에도 끼고 싶지 않았다. 사탄에 비하면 아이들은 지루하기 짝이 없었다. 사탄이 들려주었던 태고 시대 이야기와 별자리의 모험담에 비하면 아이들의 행동은 너무나 시시하고 따분했다. 사탄이 보여준 기적들이며 그가 눈앞에서 녹아서 사라진 일, 성이 폭발한 사건 등 모든 것이 아이들의 놀이와는 비교할 수 없이 환상적이었다.

　그날 우리 삼총사는 한 가지 마음에 걸리는 것이 있었다. 그래서 이러저러한 핑계를 대며 피터 신부님 댁에 여러 차례 찾아가 보았다. 금화가 어떻게 되었는지 정말 궁금했던 것이다. 혹시 요정의 돈처럼 바스러지거나 먼지로 변해버리는 것은 아닌지 온종일 노심초사했다. 정말 그랬다면? 그러나 그런 일은 없었다. 그날 저녁까지 금화가 다른 것으로 변했다는 소리는 들리지 않았다. 우리는 진짜 금이라는 사실에 안도하고 걱정을 내려놓았다.

　그런데 피터 신부님에게 물어볼 말이 있었다. 결국 그다음 날 저녁, 우리는 제비뽑기로 질문자를 선정한 다음, 약간 머뭇거리다가 신부님 댁에 찾아갔다. 제비뽑기에 걸린 사람은 바로 나였다. 나는 시치미를 뚝 떼고 최대한 무심하게 보이려고 애쓰면서 신부님에게 질문했다. 결국 생각만큼 무심하게 들리지는 않았지만.

　"신부님, 도덕관념이 뭐예요?"

　신부님은 놀란 얼굴로 우리를 내려다보았다.

　"저런! 도덕관념이란 선악을 구별할 수 있는 능력이란다."

　캄캄했던 시야가 어느 정도 밝아진 것 같았지만, 완전히 환해진 것은 아니었다. 나는 조금 실망스럽기도 했고 당황스럽기도 했다. 신부님은 잠자코 내 반응을 기다렸다. 하지만 나는 더는 할 말이 없어서 이렇게 물었다.

"그게 가치가 큰 건가요?"

"맙소사! 가치라고? 녀석아, 인간을 짐승보다 우월하게 만들어주는 것 중 하나가 바로 도덕관념이란다. 인간과 짐승은 무엇이 다를까? 여러 가지가 있겠지만, 인간은 짐승과 달리 불멸이라는 유산을 받고 완전히 멸망하지 않을 수 있지. 그럴 수 있게 해주는 것이 바로 도덕관념이고."

신부님의 설명에 나는 무슨 말을 해야 할지 몰랐다. 우리 셋은 애매한 느낌으로 신부님 방을 나왔다. 무언가 채워지긴 했지만 포만감은 없는 그런 느낌이었다. 세피와 니콜라우스가 보충 설명이 필요하다고 졸랐지만, 나는 피곤함이 몰려와 아무 생각도 들지 않았다.

온몸에 힘이 빠진 우리는 신부님 댁의 거실에서 주저앉고 말았다. 거실에는 마게트가 스피넷(역주 : 스피넷은 15~18세기에 사용했던 건반 악기로 쳄발로의 일종이다.)에 앉아 마리 루에거를 가르치고 있었다. 떠나갔다가 돌아온 제자였다. 마리 루에거는 영향력이 있는 사람이어서 다른 제자들도 그녀를 따라 마게트에게 돌아올 수 있었다. 우리를 본 마게트는 벌떡 일어나 달려와 눈물을 흘리며 또다시 감사를 표했다. 이번이 세 번째였다. 우리가 아니었다면 자기와 삼촌은 길바닥에 나앉을 것이라고 했다. 우리 덕분이 아니라고 다시 한 번 설명했지만, 과분한 감사 인사는 멈추지 않았다. 그것은 마게트의 성격이었다. 그녀는 자신이 받은 것만큼만 고마워하는 법이 없었다. 그래서 우리는 마게트의 인사를 막지 않기로 했다.

마당을 지나는데 빌헬름 메들링이 앉아서 기다리고 있었다. 저녁이 끝나갈 무렵이라, 마게트가 수업을 마치면 그녀와 함께 강변을 산책하려고 들른 것이었다. 젊은 변호사 메들링은 직업적으로도 제법 성공한 축에 속했고 조금씩 자기만의 길을 개척하고 있었다. 메들링과 마게트는 서로 좋아하는 사이였다. 마게트의 형편이 어려웠을 때 그녀를 떠났던 다른 사람과 달리 메들링은 마게트를 떠난 적이 없었다. 그는 늘 한결같이 마게트 곁을 지켰다. 마게트뿐만 아니라 그녀의 삼촌에게도 변함없는 충성을 보였다. 재능은 많지 않았으나 수려한 외모에 선한 성품이 그를 더욱 돋보이게 했다. 그것 역시 재능이자 장점이었다. 메들링이 우리에게 수업의 진행 사항을 묻자 거의 다 끝났다고 대답했다. 수업이 어떻게 되어가고 있는지 솔직히 아는 바가 없었지만, 메들링이 좋아할 만한 대답을 둘러댄 것이었다. 메들링은 정말 좋아했다. 돈 한 푼 안 들이고 그를 기쁘게 할 수 있어서 우리도 기분이 좋았다.

5

피터 신부님이 돈을 갚고 나흘째 되던 날이었다. 드디어 점성술
사가 골짜기 위의 무너질 듯한 낡은 탑에서 어슬렁어슬렁 기어 나왔
다. 그 역시 피터 신부님의 소문을 들었을 것이 분명했다. 점성술사는
우리 삼총사를 은밀히 찾아와 몇 가지 물어보았고 우리는 할 수 있는
모든 말을 빠짐없이 들려주었다. 평소에도 점성술사는 매우 두려운
존재였기 때문이다. 한참을 곰곰이 생각하더니 그가 물었다.

"금화가 총 얼마였다고 했지?"

"1,107더컷이요."

"정말 놀랍군. 그래…… 진짜 이상한 일이야. 우연한 일치라고 하
기에는……."

점성술사는 중얼거리듯 말했다.

그는 다시 많은 질문을 쏟아내며 처음부터 자초지종을 낱낱이 조사했다. 우리는 아는 대로 답해주었다. 잠시 후 그가 말했다.

"1,106더컷이라니! 대단히 큰 액수로군."

"6이 아니라 7이에요."

세피가 바로잡아주었다.

"앗! 7이었다고? 물론 1더컷쯤은 아무것도 아니지. 하지만 조금 전에 너희가 1,106더컷이라고 했단다."

점성술사가 착각한 것이라고 말했다가는 우리 목숨이 위태로울 수도 있었다. 니콜라우스가 위기를 모면하려고 조심스럽게 입을 열었다.

"저희가 실수한 것은 죄송하지만, 7더컷이 맞습니다."

"아! 괜찮아. 나도 놓칠 만큼 미미한 차이니까. 며칠이나 지났는데 정확히 기억해내지 못할 수도 있지. 너희가 돈을 셀 때 특별히 기억할 만한 정황이 없었다면, 너희 기억이 틀릴 가능성이 커!"

"아니요. 특별한 일이 있었어요."

세피도 물러서지 않았다.

"특별한 일이 뭐였는데?"

점성술사가 무심하게 물었다.

"처음에는 우리 셋이 함께 동전을 층층이 쌓았어요. 그리고 각자 동전을 셌는데 결과가 모두 똑같이 1,106더컷이었죠. 사실 제가 장난치려고, 미리 1더컷을 몰래 빼놓은 거였거든요. 저는 다시 1더컷을 몰래 돌려놓고 말했어요. '실수가 있었던 것 같아. 1,107더컷이 맞을 것 같아. 다시 세어보자.' 제 말대로 우리는 다시 돈을 셌고 당연히 제 말이 옳았다는 것이 드러났어요. 제가 총액을 정확히 맞춘 것에 다들 깜짝 놀라 해서 제가 어떻게 된 일인지 설명해주었거든요."

점성술사는 정말 그런 일이 있었는지 물었고 우리는 그렇다고 고개를 끄덕였다.

"답이 나왔군. 이제 도둑이 누구인지 알았어. 애들아, 그 돈은 도난 당한 돈이란다."

점성술사는 이 말을 남기고 사라져버렸다. 우리는 근심이 가득해졌다. 점성술사가 마지막으로 남긴 말이 대체 무슨 뜻인지 궁금해서 미칠 것 같았다. 하지만 약 한 시간 뒤에 그 뜻을 알아낼 수 있었다. 그동안 피터 신부님은 점성술사의 어마어마한 돈을 훔친 혐의로 마을 곳곳에서 수배되었고, 곧 체포되었다. 이 소식은 금세 온 마을로 퍼져나갔다. 사람들은 피터 신부님이 그럴 분이 아니고 분명 착오가 있을 거라고 입을 모았다. 반면 고개를 가로젓는 사람들도 있었다. 그들은 곤경에 빠진 사람이 비참함과 욕망에 사로잡히면 무슨 짓인들 못 하겠느냐며 혀를 찼다. 그러나 한 가지 사항에 대해서만은 아무도 토를 달지 못했다. 피터 신부님의 설명이 사실이라면, 돈을 손에 넣게 된 경위가 도저히 믿을 수 없다는 거였다. 아무리 봐도 말이 안 되는 일이었다. 점성술사는 어찌어찌해서 돈을 얻었다 치자. 하지만 그 돈이 피터 신부님의 손에는 대체 어떻게 들어왔다는 말인가!

그리하여 우리 삼총사의 수난이 시작되었다. 피터 신부님의 유일한 증인이 우리였기 때문이다. 피터 신부님의 말도 안 되는 헛소리를 증명해주는 대가로 대체 얼마를 받았느냐며 사람들은 자기 좋을 대로 지껄여댔다. 우리의 증언은 사실이라고, 제발 믿어달라고 간청했지만 돌아오는 것은 조롱뿐이었다. 부모님들의 반응은 더욱 심했다. 아버지들은 우리가 가문의 명예를 더럽혔다고 나무라면서 당장 거짓말을 실토하라고 압박했다. 우리가 말한 것이 진실이라고 극구 주장하자 아버지들의 분노는 한계를 뛰어넘었다. 어머니들은 우리를 붙잡고 울면서, 제발 뇌물을 되돌려주어 명예를 되찾고 수치에 빠진 가문을 구해라, 당장 자수하고 정직하게 고백하라고 애원했다. 우리 삼총사는 불안과 고통에 시달리다가 결국, 사탄에 관해서는 물론이고, 사건의 모든 자초지종을 털어놓으려고 마음을 굳혔다. 하지만 그런 일은 일어나지 않았다. 그럴 수 없었던 것이다. 우리가 할 수 있는 일은 하루빨리 사탄이 와서 문제를 해결해주기만을 기다리는 것뿐이었다. 그러나 사탄은커녕 사탄의 그림자도 보이지 않았다.

점성술사가 우리 삼총사와 이야기를 나눈 뒤 겨우 한 시간 만에 피터 신부님은 투옥되었다. 신부님의 돈도 봉인되어 법관들 손에 들어갔다. 솔로몬 이삭이 전달한 돈 가방 그대로였다. 솔로몬 이삭은 처음 돈을 센 뒤로 전혀 손댄 적이 없고, 총액은 정확히 1,107더컷이며 맹세코 한 푼도 빼거나 더하지 않았다고 증언했다. 피터 신부님은 교회 재판소의 판결을 요청했지만, 아돌프 신부님은 이를 거부했다. 교회 재판소는 정직당한 신부에 관하여 권리도 의무도 없다는 것이 이유였다. 주교 역시 아돌프 신부님의 말을 지지했다. 그리하여 이 사건은 민사 재판소에 회부되었다. 재판이 열리기까지는 제법 시간이 걸렸다. 그동안 피터 신부님의 변호인으로 빌헬름 메들링이 선정되었다. 메들링은 나중에 우리 셋에게만 조용히 속내를 털어놓았는데, 자기는 물론 최선을 다하겠지만, 아무 힘이 없는 우리 피고 측과 달리 원고 측은 모든 권력과 부당한 조치를 동원할 전망이어서 상황이 좋지 않다고 했다.

이리하여 마게트에게 찾아온 새로운 행복도 덧없이 끝나고 말았다. 그녀를 위로하러 오는 친구는 개미 새끼 한 마리도 없었다. 물론 기대할 수 있는 상황도 아니었다. 파티 초대를 취소한다는 쪽지가 보낸 자의 이름도 없이 당도했을 뿐이었다. 수업을 받으러 오는 학생도 사라질 것이 분명했다. 이제 마게트는 어떻게 생계를 이어갈까? 피터 신부님이 갚은 대출금은 이제 솔로몬 이삭과 관에서 통제하게 되었지만, 어쨌거나 대출금은 갚았기 때문에 당분간은 집에 머물 수 있었다.

마게트의 다른 가족으로 늙은 하녀 우르즐라가 있었다. 우르즐라는 요리, 청소, 세탁을 비롯하여 피터 신부님을 위해 온갖 일을 하는 가정부였다. 또한 마게트를 아기 때부터 돌본 유모이기도 했다. 우르즐라는 하느님이 필요한 모든 것을 공급해주실 거라며 자신만만했지만, 이는 독실한 크리스천으로서 습관처럼 하는 말에 불과했다. 물론 속뜻은 가족의 생계를 돕겠다는 의미였다. 그럴 방법이 있다면 말이다.

우리 삼총사는 마게트를 찾아가 우정을 보여주고 싶었다. 그러나 아버지들에게 막혀 꼼짝할 수가 없었다. 동네 사람들이 불쾌하게 여길 수도 있다며 마게트를 찾아가는 것을 금지했다. 한편, 점성술사는 주민들을 선동하여 피터 신부님에게 등을 돌리게 했다. 피터 신부님은 자기 돈 1,107더컷을 훔친 타락한 도둑이라는 유언비어를 퍼트렸다. 자기가 잃어버린 돈과 피터 신부님이 "발견했다"고 주장한 돈의 액수가 정확히 일치하는 것만 봐도 피터 신부님은 도둑이 틀림없다고 주장했다.

피터 신부님이 체포되고 나서 나흘 뒤 오후였다. 하녀 우르즐라가 우리 집에 찾아와 세탁 일을 맡겨달라고 사정했다. 그리고 이 일은 비밀로 지켜달라고 어머니에게 간곡히 부탁했다. 마게트가 알면 자존심에 큰 상처를 입을 것은 물론이고, 당장 그만두라고 할 것이 뻔한데, 그녀는 지금 제대로 먹지도 못하고 점점 쇠약해지고 있다는 것이다. 우르즐라도 기운이 없기는 마찬가지였다. 음식을 내주자 그녀는 며칠 굶은 사람처럼 허겁지겁 먹어댔다. 그러나 음식을 싸줄 테니 집에 가져가라는 설득에는 완강히 거절했다. 동정심으로 주는 음식은 마게트가 먹지 않을 거라는 이유 때문이었다. 우르즐라는 빨랫감을 가지고 개울가로 내려갔다. 창문으로 내다보니 방망이를 두드리는 모습이 너무나 힘겨워 보였다. 할 수 없이 그녀를 불러서 푼돈을 주고 돌려보냈다. 그녀는 마게트가 의심할까 봐 받지 않으려 하다가 마지못해 돈을 챙겨 넣었다. 마게트에게는 길에서 주운 돈이라고 속일 생각이었다.

우르즐라는 거짓말을 피하고 양심의 가책에서도 벗어날 꾀를 생각해냈다. 그리하여 내게 도움을 요청했는데, 자기가 보는 앞에서 그 돈을 길에 떨어뜨려 달라는 것이었다. 우르즐라는 약속된 장소를 걸어가다가 돈을 발견했고, 놀라움과 기쁨의 함성을 질렀다. 그런 다음, 돈을 집어 들고 집으로 돌아갔다. 이리하여 우르즐라는 자기도 모르게 거짓말을 일삼는 무리에 속하게 되었다. 그러는 동안 지옥의 불과 유황의 저주에 대한 경계심은 조금도 드러내지 않았다. 그러나 이 역시 또 다른 거짓말이었다. 게다가 거짓말을 해본 적이 없던 사람인지라 그녀가 더욱 위태로워 보였다. 누구든지 거짓말을 일주일만 해보라. 그 뒤로는 아무 거리낌이 없이 술술 거짓말을 늘어놓게 될 것이다. 우리는 그런 식으로 거짓에 길이 든다.

마게트가 앞으로 어떻게 살아갈까 생각하면 앞이 막막했다. 우르즐라가 날마다 길에서 동전을 주울 수도 없는 노릇이고, 그런 일은 어쩌면 두 번 다시 없을지도 몰랐다. 한편으로는 마게트 곁에 있어주지 못해서 마음이 아팠다. 마게트에게는 지금이야말로 친구가 절실할 때가 아닌가! 물론 그것은 내 잘못이 아니라 부모님 잘못이었다. 나는 달리 방법이 없었다.

기분이 축 처져서 터벅터벅 걸어가고 있는데 어디선가 상쾌한 바람이 날아와 내 몸을 휘감았다. 기분 좋게 얼얼한 감각이 머리끝에서부터 발끝까지 흘러내렸다. 뛸 듯이 기쁘고 흥분되었지만, 말은 나오지 않았다. 사탄이 지나간 신호가 분명했다. 전에도 이런 감각을 경험한 적이 있었다. 사탄은 어느새 내 곁에서 나란히 걷고 있었다. 나는 마게트의 가족에게 닥친 일들과 내 고민을 전부 털어놓았다.

우리가 나란히 걸어가며 커브를 돌자, 나무 그늘에 앉아 쉬고 있는 우르즐라가 눈에 띄었다. 우르즐라는 비쩍 마른 길 고양이를 무릎에 올려놓고 쓰다듬고 있었다. 어디서 그 고양이를 얻었느냐고 내가 물어보자 숲 속에서 튀어나와 자기를 따라왔다고 대답했다. 어미도 친구도 없는 고양이 같다며 자기가 집에 데려가 잘 돌보겠다고 덧붙였다. 사탄이 말했다.

"당신은 몹시 가난하다고 알고 있는데, 왜 식구를 늘리려고 하는 거죠? 좀 더 잘사는 집에 주는 것이 어때요?"

이 말에 우르즐라가 발끈해서 고개를 쳐들었다.

"젊은이가 이 고양이를 갖고 싶은 모양이로군요. 좋은 옷을 입고 귀티가 줄줄 흐르는 것을 보니 아마도 부자인가 보죠?"

우르즐라는 콧방귀를 뀌며 말을 이었다.

"이 고양이를 부자한테 주라고? 모르는 소리! 부자는 자기 말고는 아무도 돌보지 않아요. 가난한 사람을 걱정해주고 돕는 것은 가난한 사람들뿐이지. 정확히 말하면, 가난한 사람과 하느님뿐이지. 하느님이 이 고양이를 먹이실 테니 걱정 말아요."

"왜 그렇게 생각하세요?"

"내가 잘 아니까! 하느님이 보시지 않으면 참새 한 마리도 그냥 땅에 떨어지는 법은 없소!"

부글부글 분노로 끓어오른 우르즐라가 눈을 부라리며 쏘아붙였다.

"어쨌거나 참새가 땅에 떨어지는 것은 마찬가지잖아요. 그것을 본다고 뭐가 달라지죠?"

우르즐라는 턱을 움찔했으나 한동안 아무 말도 못했다. 충격이 꽤 큰 모양이었다. 그녀는 벌떡 일어나 간신히 입을 열었다.

"잘난 양반, 당장 꺼지고 당신 일이나 하시지. 안 그러면 나한테 몽둥이로 맞을 줄 알아요!"

나는 너무 무서워서 아무 말도 할 수 없었다. 사탄은 우르즐라를 때려죽이는 것쯤은 우습게 생각할뿐더러, 그보다 '더한 짓'도 태연하게 저지를 수 있는 존재였다. 인간에 대한 사탄의 개념을 생각하면 그러고도 남았다. 나는 우르즐라에게 조심하라고 경고하고 싶었는데 말문이 열리지 않았다. 다행히 아무 일도 일어나지 않았다. 사탄은 계속 침묵했는데, 그것은 무관심의 표현이었다. 임금이 말똥구리 따위에 모욕당하는 일이 없는 것처럼 사탄이 우르즐라에게 모욕당하는 일은 있을 수 없었다.

그건 그렇고, 조금 전 늙은 우르즐라가 자리를 박차고 힘차게 일어나 쏘아붙였던 장면은 정말 놀라운 것이었다. 우르즐라는 마치 어린 소녀처럼 씩씩했다. 수십 년 전의 우르즐라라면 이런 모습이 아니었을까, 라는 생각이 들었다. 그것이 사탄의 기운 때문이라는 것을 나는 알았다. 사탄은 어디에서 나타나든지 병자나 약자들에게 신선한 바람을 불어넣었다. 비쩍 마른 고양이도 어느새 사탄의 기운을 받아 깡충깡충 뛰어다니며 나뭇잎을 뒤쫓기 시작했다. 이 모습에 우르즐라의 눈이 휘둥그레졌다. 신기하다는 표정으로 고개를 갸웃거렸다. 분노는 그새 잊어버린 듯했다. 우르즐라가 말했다.

"어떻게 저렇게 바뀌었지? 조금 전에는 잘 걷지도 못했는데."

"당신은 저런 품종의 고양이를 본 적이 없는 거예요."

사탄이 말했다.

우르즐라는 자기를 비웃는 이 낯선 이에게 점잖게 대하고 싶지 않았다. 그리하여 통명스럽게 쏘아붙였다.

"누가 당신을 여기 오라고 해서 나를 성가시게 하는 거죠? 정말 궁금하군요. 그리고 내가 무엇을 보았는지 아닌지 당신이 어떻게 알아요?"

"혹시 혀 위에 돋은 가시들이 바깥쪽으로 휘어진 고양이를 본 적 없으시죠?"

"나는 본 적 없는데. 당신도 마찬가지 아니요?"

"그럼, 한번 이 녀석을 살펴볼까요?"

우르즐라가 고양이를 잡으려고 했지만, 결국 포기할 수밖에 없었다. 그동안 우르즐라도 쌩쌩해졌지만, 고양이는 더더욱 날쌔져서 잡을 수가 없었다. 그러자 사탄이 말했다.

"이름을 지어서 불러보세요. 그럼 올지도 몰라요."

우르즐라가 몇 가지 이름을 지어서 불렀지만, 고양이는 관심조차 없었다.

"아그네스라고 불러 봐요."

아그네스라고 부르자 고양이는 즉각 반응해 달려왔다. 우르즐라가 고양이의 혀를 살펴본 뒤 탄성을 토해냈다.

"이런! 맹세코 사실이로군! 이런 고양이는 생전 처음 봐. 혹시 당신 고양이에요?"

"아뇨."

"그런데 어떻게 그리 쉽게 이름을 알아냈죠?"

"저런 품종은 죄다 아그네스라 불리거든요. 다른 이름에는 전혀 반응하지 않아요."

"이렇게 놀라울 수가!"

우르즐라는 감탄을 금치 못했다. 하지만 얼마 안 있어 근심스러운 얼굴로 바뀌었다. 미신이 생각난 것이었다. 그녀는 망설이다가 고양이를 땅에 내려놓았다.

"아무래도 이 아이는 놓아주어야 할 것 같아. 두려워서 이러는 것이 아니야. 그것 때문만은 아니지만, 떠도는 이야기를 나도 들었는데 신부님도 그렇고, 사람들도 그렇고……. 게다가 이 고양이는 지금 아주 건강하잖아. 혼자서도 잘 살아갈 것 같아."

우르즐라는 한숨을 푹 내쉬고는 돌아서서 중얼거렸다.

"참 귀여운 고양이야. 분명 귀여운 녀석일 거야. 우리는 너무나 슬프고 외롭게 힘든 나날들을 보내고 있는데……. 마게트 양은 슬픔에 잠겨 있고 수심이 가득하지, 나이 든 주인님은 감옥에 갇혀 있지……."

"이 고양이를 버리는 것은 실수 같은데요."

사탄이 말했다.

우르즐라는 누군가 만류해주기를 기다렸다는 듯이 재빨리 몸을 돌렸다. 무언가 기대하는 것이 있는 사람처럼 물었다.

"왜요?"

"이 품종은 행운을 가져오기 때문이지요."

"행운을 가져온다고? 정말이요? 원래 알고 있었소? 이 고양이가 어떻게 행운을 가져온다는 말이지?"

"음, 결국에는 돈을 가져다줘요."

우르즐라는 실망한 얼굴이 되었다.

"돈이라고? 고양이가 돈을 가져와? 말도 안 되는 소리! 우리 동네에서 고양이는 절대 팔리지 않아요. 고양이를 살 사람은 없다고. 심지어 돈을 준다 해도 다들 사양할걸."

우르즐라는 떠나려고 다시 몸을 돌렸다.

"고양이를 판다는 뜻이 아니에요. 고양이에서 수입이 생긴다는 뜻이죠. 이런 품종은 '럭키 캣'이라 불리는데, 고양이 주인이 매일 아침 호주머니에서 은화 4그로셴을 발견하게 되기 때문이에요."

늙은 하녀의 얼굴에 분노가 번지고 있었다. 이 버릇없는 소년이 자신을 무시하여 놀리고 있다고 생각한 것이다. 참담한 심정을 드러내려고 우르즐라는 호주머니에 손을 찔러 넣은 다음 소년을 향해 활짝 펼쳐 보였다. 하지만 그 순간 우르즐라의 얼굴이 흥분으로 벌겋게 달아오르고 있었다. 그녀는 알아들을 수 없는 감탄사를 몇 마디 격하게 내뱉고는, 곧 입을 다물었다. 얼굴에 번졌던 분노도 이내 사라졌다. 대신 놀라움과 감탄과 두려움이 뒤섞인 알쏭달쏭한 표정으로 바뀌었다. 그녀는 다시 천천히 호주머니에서 손을 꺼내 양 손바닥을 펼쳤다. 한 손에는 내가 길에 떨어뜨렸던 동전이 있었고, 다른 손에는 은화 4그로셴이 있었다. 그녀는 은화를 뚫어지게 바라보았다. 혹시라도 사라져버리는 것은 아닌지 시험하는 것 같았다. 잠시 후 흥분에 들뜬 목소리로 말문을 열었다.

"정말이야. 젊은이 말이 맞네. 오! 대단한 사람, 내 은인! 내가 경솔했소. 나를 용서해줘요."

우르줄라는 사탄에게 달려들어 손에 연거푸 입을 맞추었다. 감사를 표하는 오스트리아 관습이 이랬다.

어쩌면 우르줄라는 그 고양이가 마녀 고양이이며 악마의 사도쯤으로 여겼을지도 모른다. 하지만 상관하지 않았다. 오히려 악마와 계약을 체결해서라도 날마다 가족의 생계를 공급받을 수 있다면 좋겠다고 생각했다. 돈 문제에 있어서는, 아무리 독실한 농부라 할지라도 대천사보다는 악마와의 거래를 신뢰할 가능성이 컸다. 우르줄라는 아그네스를 품에 안고 집으로 향했다. 나는 사탄에게 마게트를 만나게 되는 영광이 있기를 바란다고 말했다.

결국 나는 안도의 숨을 내쉴 수 있었다. 나와 사탄이 어느새 마게트의 집에 와있었던 것이다. 거실에 서 있던 마게트가 우리를 발견하고는 소스라치게 놀랐다. 마게트의 얼굴은 곧 쓰러질 듯 창백했다. 하지만 나는 사탄의 기운이 퍼지면 달라질 것이라고 생각하며 근심을 거두었다. 예상했던 대로 분위기는 금세 바뀌었다. 나는 사탄을, 아니

필립 트라움을 소개했다. 그리고 우리 셋은 다 함께 자리에 앉아 이야기꽃을 피웠다. 사탄에 대한 경계심은 없었다. 우리 같은 평범한 사람들은 이방인이라 해도 상냥하기만 하다면 쉽게 친구로 받아들였다. 마게트는 우리가 어떻게 소리도 없이 실내로 들어왔는지 궁금해했다. 트라움은 문이 열려 있어서 안으로 들어왔고 그녀가 몸을 돌려 반겨줄 때까지 기다렸다고 설명했다. 물론 그것은 사실이 아니었다. 문은 열려 있지 않았고 우리는 벽인지 지붕인지 굴뚝인지는 모르겠지만, 아무튼 어딘가를 뚫고 들어왔다. 하지만 어떻게 들어왔는지는 중요하지 않았다. 중요한 것은 사탄이 마음먹으면 누구든 그 말을 믿게 했다는 사실이다. 마게트는 트라움의 설명이 마음에 든 모양이었다. 그녀는 곧 트라움에게 마음을 빼앗겼다. 외모가 굉장히 훌륭하기도 했지만, 마게트는 어쨌든 그에게서 눈을 떼지 못했다. 트라움을 소개한 나도 덩달아 흐뭇하고 뿌듯해졌다.

나는 사탄이 자기 능력을 과시해주기를 기대했지만, 그런 일은 일어나지 않았다. 사탄은 상냥하게 거짓말을 늘어놓는 데만 온통 신경을 썼다. 일단, 자기를 고아라고 소개하며 마게트의 동정심을 얻는 데 성공했다. 그녀의 두 눈에 금세 물기가 맺혔다. 사탄의 거짓말은 갈수록 가관이었다. 자기가 아주 어렸을 때 어머니가 돌아가셔서 어머니를 한 번도 본 적이 없고, 아버지는 건강이 몹시 나빠서 그럴듯한 재산이 하나도 없다. 하지만 열대 지방에서 사업하시는 삼촌이 있는

데 상권을 독점하고 있어서 매우 부유하다. 그래서 자기도 삼촌의 후원을 받고 있다…… 등등. 삼촌 이야기가 나오자 마게트도 자기 삼촌 생각이 떠올랐는지 눈망울이 초롱초롱해졌다. 마게트는 언제가 될지 모르지만, 두 분의 삼촌을 서로 만나게 해주면 좋겠다는 희망을 내비쳤다. 그 말에 나는 몸서리가 쳐졌다. 필립도 좋은 생각이라고 맞받아치자 이번에는 더욱 심하게 몸서리가 쳐졌다.

"아마도 두 분이 언젠가 만나실 거예요. 당신 삼촌도 여행을 많이 하시나요?"

마게트가 물었다.

"아, 네. 삼촌은 방방곡곡 어디든지 다닌답니다. 세계 곳곳에서 사업체를 운영하거든요."

이들의 수다는 끊임없이 이어졌다. 어쨌거나 그러는 동안 마게트는 슬픔을 잊어버렸다. 그렇게 밝고 쾌활한 시간을 최근에 가져본 적이 없었을 것이다. 내가 볼 때 마게트는 필립 트라움에게 호감이 있었다. 결국 그렇게 될 줄 나는 이미 알고 있었다. 필립이 자신은 지금 성직자가 되기 위해 신학을 공부하고 있다고 말하자 마게트의 호감은 더욱 커졌다. 적어도 내 눈에는 그렇게 보였다. 그날의 최고 성과는 마게트가 삼촌을 면회할 수 있도록 해주겠다고 약속한 일이었다. 필립이 간수들을 뇌물로 매수했으니, 마게트는 해가 떨어지면 언제든 감옥에 방문할 수 있을 거라고 했다. 다만 아무 말도 해서는 안 되고, "들어갈 때나 나올 때 항상 이 서류를 보여주시오."라는 원칙만 지키면 되었다. 필립은 종이 위에 기묘한 문양을 몇 개 휘갈겨 그린 뒤 마게트에게 주었다. 마게트는 더없이 고마워했고, 그날부터 당장 해가 떨어지기를 들뜬 마음으로 기다렸다.

그때만 해도 죄수들이 친지들을 면회하는 것은 허락되지 않았다. 가까운 사람들도 못 본 채 오랜 세월 감옥에서 썩어가는 사람이 적지 않았다. 참으로 잔인한 시절이었다. 내 생각에 사탄이 종이에 그린 문양은 마법임이 틀림없었다. 간수들은 자기가 무엇을 하는지도 모른 채 마게트를 통과시킬 것이고, 이 사실을 전혀 기억해내지 못할 것이다. 내 추측이 맞았다. 이때 우르즐라가 문틈으로 살짝 고개만 내밀고 말했다.

"아가씨, 저녁 준비가 다 되었어요."

우르즐라가 우리를 발견하고는 사색이 되어 손짓으로 나를 불러냈다. 내가 다가가자, 그녀는 고양이 이야기를 했는지 물었다. 아니라고 답하자 비로소 안도하며 고양이 이야기는 비밀에 부쳐달라고 당부했다. 마게트 양이 알면 불경스러운 고양이라 생각하고 사제를 부를 것이며, 고양이를 정결하게 하는 대가로 사제에게 사례해야 할 것이다, 그러면 고양이가 주는 선물은 더는 받지 못할 것이라고 이유를 설명했다. 나는 비밀을 지키기로 다짐하며 우르즐라를 안심시켰다.

마게트에게 막 작별 인사를 꺼내려던 순간이었다. 사탄은 내 입을

막으며 전에 없이 공손한 태도로 — 구체적으로 어떻게 표현했는지
는 기억나지 않지만 — 자기도, 테오도르도 기꺼이 저녁 초대에 응하
겠다고 말했다. 그러자 마게트는 비참하리만큼 당황스러워했다. 사탄
은 약간의 식량만으로도 풍성한 식탁을 차릴 수 있다는 것을 알 턱이
없으니 마게트가 그러는 것도 당연했다. 사탄의 말을 들은 우르줄라
는 반갑지 않다는 표정으로 거실에 들어왔다. 그녀는 우선, 마게트의
생기발랄하고 화사해진 얼굴을 보고 깜짝 놀라며 감탄사를 늘어놓았
다. 이어서 자신의 모국어인 보헤미아 말로 — 나는 나중에야 그 뜻
을 이해했다 — , "마게트 아가씨, 저 사람들 내보내세요. 음식이 부족
해요."라고 말했다.

　　마게트가 입을 열기 전에 사탄이 서둘러 우르줄라에게 보헤미아
말로 대꾸했다. 우르줄라도, 마게트도 깜짝 놀랐다.

　　"조금 전에 길에서 우리 만났죠?"

　　"네, 그렇습니다."

　　"아, 반갑군요. 나를 기억하실 줄 알았어요."

　　사탄은 우르줄라에게 가까이 다가가 귀에 대고 속삭였다.

　　"제가 럭키 캣이라고 말했잖아요. 필요한 것은 고양이가 다 마련
해줄 거예요."

　　이 한마디에 우르줄라의 근심 걱정은 깨끗이 해소되었다. 돈 걱정
이 사라지자 두 눈은 기쁨으로 깊은 빛을 발산했다. 고양이의 가치는

점점 상승하고 있었다.

　마게트가 머뭇거릴 시간은 많지 않았다. 어쨌든 필립 트라움을 정중히 초대하는 것이 맞는데, 마땅한 방법을 찾지 못했다. 결국 그녀는 가장 좋은 방법인 정직함으로 부딪히기로 했다. 그것이 가장 자연스러운 방법이었다. 마게트는 대접할 것이 아주 조금밖에 없는데 그것이라도 나눠 먹을 의사가 있다면 환영한다며 우리를 저녁 식사에 초대해주었다.

　우리 셋은 식탁에 앉았고 우르즐라는 식탁 곁에 서서 대기하고 있었다. 프라이팬에서 손바닥만 한 작은 생선 한 마리가 노릇노릇 먹음직스럽게 구워지고 있었다. 마게트가 예상하지 못한 훌륭한 요리였다. 우르즐라가 갓 구운 생선을 가져오자 마게트는 반으로 갈라 사탄과 내게 나눠주었다. 그녀 몫은 없었다. 오늘은 생선이 별로 먹고 싶지 않다는 말을 채 끝내기도 전에 마게트는 팬에서 생선 한 마리가 더 구워지는 것을 알아차렸다. 마게트는 깜짝 놀란 표정을 지었지만, 아무 말도 하지 않았다. 나중에 우르즐라에게 물어볼 생각이었을 것이다. 놀라운 일은 그뿐만이 아니었다. 육류, 조류, 포도주, 과일 등 최근 이 집에서 볼 수 없었던 낯선 음식들이 잔뜩 쏟아져 나왔다. 그런데 마게트는 어느새 감탄하기를 멈추었다. 그녀는 놀라운 기색 하나 없이 태연하게 우리와 어울렸다. 이 역시 사탄의 수작인 것이 분명했다. 사탄은 쉴 새 없이 떠들어대며 우리를 즐겁게 해주었다. 무척이나 행복하고 신나는 저녁이었다.

그날 사탄은 엄청나게 많은 거짓말을 했다. 하지만 그에게 해로울 것은 없었다. 사탄은 천사였고 인간의 예절을 몰랐으므로 그래도 괜찮았다. 천사들은 선악을 구별하지 못한다. 언젠가 사탄이 해준 말이었다. 그날 저녁 사탄은 웬일인지 우르즐라의 비위를 맞춰주려고 무척이나 공을 들였다. 마게트에게 조용히 우르즐라의 칭찬을 늘어놓으면서 그 말이 우르즐라 귀에 들어가도록 했다. 우르즐라는 훌륭한 여인이며, 자기 삼촌에게 소개해주고 싶다고도 했다. 그러자 얼마 안 있어 우르즐라는 종종걸음으로 여기저기 왔다 갔다 하며 어쭙잖게 수줍은 소녀티를 냈다. 헤죽헤죽 웃으면서 앞치마 주름을 펴느라 정신이 없었다. 게다가 거울을 보며 얼굴을 단장하는 모습이란……! 마치 얼빠진 암탉 같았다. 사탄이 무슨 말을 하는지 아무것도 모르는 척 시치미를 떼는데, 내 얼굴이 화끈거렸다. 사탄은 자기가 인간을 어떻게 생각하는지 보여주고 싶었던 것이다. '자, 봐라! 너희 인간이 얼마나 어리석고 하찮은 족속인지!'라고 말하는 것 같았다. 사탄은 자기 삼촌이 사람을 즐겁게 하는 재주가 대단히 뛰어나다, 그런데 삼촌 곁에 지혜로운 여자가 있어서 파티를 주도해준다면, 어느 곳에서 파티를 열든 그곳은 엄청나게 매력 넘치는 장소가 될 거라며 너스레를 떨었다.

"그런데 당신 삼촌은 신사 맞으시죠?"

마게트가 물었다.

"네. 어떤 사람은 경의의 표현으로 대공(大公)이라 부르기도 하지요. 그러나 그분을 꽉 막힌 사람이라고 생각해서는 안 됩니다. 그분은 사람의 인품을 가장 중요시하거든요. 계급은 전혀 중요하게 생각하지 않는답니다."

나는 그때 의자 아래로 손을 축 늘어뜨리고 있었다. 잠시 후 아그네스가 다가와 내 손을 핥았다. 드디어 비밀 하나가 풀리는 순간이었다.

"전부 엉터리예요. 이 고양이는 평범한 고양이예요. 혀 위에 돋은 가시가 바깥쪽으로 휘기는커녕 안쪽으로 휘어있단 말이에요."

하지만 이 말은 입 밖으로 나오지 않았다. 나올 수 없었던 것이다. 사탄이 내게 미소를 지었고 나는 상황을 알아차렸다.

밖에 어둠이 깔리자, 마게트는 음식, 포도주, 과일 등을 바구니에 담고 서둘러 감옥으로 향했다. 사탄과 나는 우리 집을 향해 걸어갔다. 나는 감옥 내부가 어떻게 생겼을지 보고 싶다는 생각을 하고 있었다. 사탄이 내 생각을 읽자마자 우리는 순식간에 감옥 안에 들어와 있었다. 그곳은 고문실이라고 사탄이 말해주었다. 팔다리를 묶어 몸을 비트는 고문대를 비롯해 여러 고문 도구가 있었다. 벽 여기저기에 걸린 희뿌연 등불들이 그 방을 어두컴컴하고 더욱 소름 끼치게 만들었다. 사형집행인들도 있었는데 그들은 우리를 전혀 의식하지 않았다. 우리가 보이지 않은 것이었다. 한쪽에 젊은이 한 명이 묶여 있었다. 사탄은 그가 이교도라는 혐의로 붙잡혀 왔고 사형집행인들이 곧 조사할 거라고 설명해주었다. 사형집행인들은 젊은이에게 죄를 자백하라고 으름장을 놓았고, 젊은이는 사실이 아니므로 그럴 수 없다며 끝까지 버텼다. 그러자 그들은 젊은이의 손톱 밑에 가시를 하나씩 박아 넣었다. 젊은이는 고통을 이기지 못하여 소름 끼치는 비명을 질렀다. 사탄은 전혀 개의치 않았지만, 나는 도무지 견딜 수가 없었다. 빨리 그곳을 벗어났으면 좋겠다고 생각했다. 현기증이 나고 토할 것 같던 찰나, 신선한 공기가 몸 안에 들어와 간신히 살아났다. 우리는 다시 집으로 걸어갔다. 나는 사탄에게 아까 일은 짐승 같은 짓이라며 흥분을 참지 못했다.

"아니야. 그것은 인간적인 짓이야. 그런 말로 함부로 짐승을 모욕해서는 안 돼. 짐승들은 그런 모욕을 당할 이유가 없어."

사탄의 이야기는 계속되었다.

"너희 너저분한 종족은 항상 거짓말을 일삼고 지키지도 않는 도덕을 요구해. 너희보다 훨씬 우월한 짐승에게 도덕이 없다고 주장하지만, 사실 도덕은 짐승에게만 있어. 어떤 짐승도 잔인한 짓을 하지 않거든. 도덕관념을 가진 사람들이나 잔인한 짓을 일삼고 있지. 짐승은 누군가를 괴롭힐 수는 있지만, 악의가 있어서 그러는 것은 아니야. 따라서 그것은 죄가 아니지. 짐승들에게 죄는 존재하지도 않아. 그저

081

즐기려고 남에게 고통을 주는 짐승을 본 적 있니? 아니, 없어. 오직 인간만이 그런 짓을 해. 대체 왜 그럴까? 그것은 똥개 같은 도덕관념 때문이야!"

"너는 도덕관념이 뭔지 아니? 그것은 물론 선악을 구별하는 개념이야. 하지만 무엇이 선악인지 선택하는 자유는 모든 개인에게 있어. 그렇다면 도덕관념은 인간에게 대체 무슨 득이 될까? 인간의 삶은 선택의 연속이고, 열에 아홉은 항상 죄를 택하지. 진정으로 모든 죄를 남김없이 없애고 싶다면, 도덕관념을 없애면 깨끗이 해결될 거야. 도덕관념이 없으면 죄는 존재할 수가 없거든. 하지만 불합리하고 비이성적인 인간이 무엇을 알겠니? 도덕관념이 인간을 가장 저급한 생명체로 끌어내리는 주범이라는 것도, 인간에게 부끄러운 자산이라는 것도 인간은 알지 못하지. 테오도르, 이제 좀 괜찮아? 너한테 보여줄 것이 있어."

6

사탄과 나는 순식간에 프랑스의 한 마을에 도착해 있었다. 커다란 공장 같은 곳이었는데, 걸어가면서 보니 남녀노소 할 것 없이 많은 사람이 뜨거운 열기와 흙먼지를 뒤집어쓰며 무슨 일인가 열심히 하고 있었다. 넝마를 두른 어깨들이 모두 축 처져 있었다. 몹시 지쳐 보였고, 곧 굶어 죽을 것처럼 파리하고 몽롱했다. 사탄이 이야기했다.

"도덕관념은 바로 이런 거야. 부자 주인은 아주 거룩한 사람이지. 하지만 그들이 가난한 동족들에게 주는 급료는 겨우 굶어 죽지 않을 정도밖에 안 돼. 이들은 겨울이든 여름이든, 아침 여섯 시부터 저녁 여덟 시까지 하루 열네 시간을 꼬박 일해야 먹고 살 수 있어. 어린아이도 마찬가지야. 매년 하루도 빠짐없이 돼지우리 같은 집에서 4마일이나 떨어진 일터에 발이 부르트도록 걸어 다니면서 말이야. 비가 오나 눈이 오나 폭풍이 부나, 흙과 진창으로 범벅된 길을 걷고 또 걷지. 잠은 하루에 겨우 네 시간밖에 못 자고, 세 명이 한 방에서 뒤엉키며 지내. 쓰레기에서 풍기는 악취는 상상할 수도 없을 정도로 끔찍하고 말이야. 그러다가 병에 걸리면 파리 목숨처럼 바로 죽는 거야. 이 누추한 족속들이 무슨 죄를 지어서 그런 걸까? 아니야. 벌 받을 만한 행동을 했을까? 전혀 아니지. 죄가 있다면 너희 같은 어리석은 족속으로 태어난 죄밖에 없어."

"조금 전 감옥에서 죄인이 어떤 취급을 당하는지 보았지? 그리고 너는 지금 아무 죄도 짓지 않고, 부끄러울 것도 없는 사람들이 어떤 취급을 당하는지 보고 있어. 인간이 논리적인 종족이라는 것은 말도 안 되는 헛소리야. 이렇게 악취 나는 순결한 사람은 이교도보다 사정이 좀 나을까? 전혀 그렇지 않아. 이교도가 받은 형벌은 지금 이들이 겪는 현실에 비하면 아무것도 아니거든. 우리가 떠난 다음 간수들은 이교도를 형틀에 매달아 죽이고 곤죽이 되도록 작살냈어. 그 젊은이는 지금 저승에 있어. 너희 귀하신 종족의 속박에서 드디어 벗어났다는 말이지. 하지만 여기 가난한 노예들을 봐. 이들은 오랜 세월 점점 죽어왔어. 게다가 이 가운데는 앞으로도 수년간 이런 삶에서 벗어나지 못할 사람들이 수두룩해. 공장 주인은 도덕관념으로부터 선악의 차이를 배운 사람이야. 그 결과는 네가 지금 보고 있는 현실이고 말이야. 인간은 자기가 개보다 백 배는 낫다고 생각해. 정말 앞뒤도 맞지 않고, 말도 안 되는 종족이라고! 아, 이루 말할 수 없이 천박하기 짝이 없어!"

사탄은 진지함을 완전히 벗어던지고 인간들을 신나게 비웃어댔다. 인간의 호전적인 행위, 위대한 영웅, 불후의 명예, 강력한 황제, 고대시대의 귀족, 칭찬할 만한 역사 등 우리가 자랑하는 모든 것을 조롱했다. 내가 듣기 거북할 때까지 사탄의 비아냥은 계속되었다. 사탄은 약간 냉정함을 되찾고 말했다.

"하지만 인간이 가소로운 것만은 아니야. 너무나 덧없는 인생과 너무나 유치한 허영심, 게다가 인간의 어두운 실체를 생각하면 한편 불쌍하기도 해."

이때 갑자기 현재의 모든 장면이 눈앞에서 사라졌다. 그게 무슨 뜻인지 나는 곧 알아차렸다. 우리는 어느새 우리 마을을 걷고 있었다. 저 아래 강 쪽으로 '골든 스태그' 호텔에서 새어 나오는 불빛이 보였다. 어둠 속에서 반갑게 외치는 소리가 들려왔다.

"그가 돌아왔다!"

세피 볼마이어였다. 조금 전 세피는 피가 끓어오르고 기운이 샘솟는 느낌을 받았다고 했다. 그 의미는 오직 하나, 사탄이 가까이 있다는 뜻이었다. 사람을 알아보지 못할 정도로 캄캄했지만, 세피는 알 수 있었다. 우리 셋은 나란히 걸어갔다. 세피는 반가운 마음을 쉴 새 없이 쏟아놓았다. 잃어버렸던 애인이라도 되찾은 사람 같았다. 세피는 영리하고 활달한 아이였다. 열정도 대단했고 성격은 외향적이었다. 나나 니콜라우스와는 여러 면에서 대조적이었다. 세피는 최근 벌어진 수수께끼 같은 사건을 이야기해주었다. 그것은 마을의 부랑자 한스 오페르트의 실종 사건이었다. 마을 사람들도 이제 그 사건에 호기심을 갖기 시작했다고 세피는 말했다. 그의 말에 따르면, '걱정'이 아니라 '호기심'이었다. 그것도 제법 큰 호기심이라고. 약 이틀 전부터 한스를 본 사람이 없었다.

"한스는 짐승 같은 짓을 저지르고 나서 자취를 감추었어."

"어떤 짓을 저질렀는데?"

사탄이 물었다.

"그게 말이지……, 한스는 항상 자기 개를 몽둥이로 때렸어. 자신의 유일한 친구이자 착한 개였거든. 하지만 개는 그런 주인을 얼마나 사랑했는지 몰라. 누구한테 해를 끼친 적도 없었고. 이틀 전에도 한스는 아무 이유 없이 개를 두들겨 팼어. 그냥 심심풀이로 말이야. 개가 낑낑대면서 어찌나 간절히 사정하던지! 테오도르와 나도 옆에서 함께 빌었거든. 하지만 그는 우리를 무섭게 위협하고는, 다시 온 힘을 다해 개를 패고 깔아뭉개는 거야. 이렇게 말하면서 말이야. '자, 이제 만족해? 빌어먹을! 너희가 간섭한 대가가 이거라고!' 그러고는 깔깔대며 웃는데 정말 소름이 끼쳤어. 정말 피도 눈물도 없는 짐승이야."

동정심과 분노로 세피의 목소리가 파르르 떨렸다. 나는 사탄이 무슨 말을 할지 짐작할 수 있었다. 예상대로 사탄은 세피의 말을 가차 없이 비판했다.

"그런 한물간 비방을 하다니! 세피, 너는 잘못된 비유를 선택했어. 짐승은 그런 식으로 행동하지 않아. 오직 인간만이 그런 비열한 짓을 하지."

"어쨌거나 비인간적인 행위라는 뜻이야."

"아니, 그렇지 않아. 그것은 지극히 인간적인 행위야. 아주 완벽히 인간적이지. 짐승에게 전혀 상관없는 낙인을 붙이고 짐승의 명예를 훼손하는 소리는 듣기 거북해. 그런 낙인은 인간 말고는 어디에도 붙여서는 안 돼. 도덕관념이라는 바이러스에 감염된 짐승은 없으니까! 세피, 단어를 잘 선택해서 말해. 그런 근거 없는 말은 사용하지 마!"

사탄으로서는 꽤 엄격한 발언이었다. 나는 세피에게 단어 선택을 신중히 하라고 미리 얘기해주지 못한 것이 미안했다. 나는 세피의 심정을 알았다. 그는 다른 사람을 불쾌하게 하는 한이 있어도, 사탄의 심기를 불편하게 할 녀석은 아니었다. 우리 사이에 어색한 침묵이 감돌았다. 하지만 분위기가 곧 누그러졌으니, 아까 말했던 한스의 개가 다가오고 있던 것이다. 개는 눈을 아래로 축 늘어뜨린 채 사탄을 향해 다가오더니 낑낑대면서 뭔가를 떠듬떠듬 중얼거렸다. 그러자 사탄도 개에게 같은 식으로 무언가를 말했다. 둘은 개의 언어로 이야기하는 것이 분명했다.

우리는 풀밭에 앉았다. 마침 구름이 저만치 달아나고 있어서 환한 달빛을 받을 수 있었다. 사탄은 무릎에 개의 머리를 끼우고는 눈을 제자리에 돌려놓았다. 개는 편안한지 꼬리를 살랑살랑 흔들며 사탄의 손을 핥았다. 표정으로, 또 혀로 감사하다고 말했다. 물론 나는 개의 언어를 모르지만 그런 말을 했다는 사실은 알았다. 사탄은 개와 잠깐 대화를 나눈 뒤 이렇게 말했다.

"자기 주인이 술에 취해 있었다는군."

"맞아, 그랬어."

나와 세피가 동시에 말했다.

"그러고 나서 약 한 시간 뒤에 주인은 클리프 목초지 너머에 있는 낭떠러지에서 떨어졌대."

"우리도 거기가 어디인지 알아. 여기서 3마일 떨어진 곳이야."

"이 개가 수시로 마을에 가서 사람들에게 거기 가자고 졸랐지만, 개를 내쫓기만 할 뿐 아무도 들어주지 않았대."

세피와 나는 그 사실을 기억했다. 그때 개가 무엇을 원하는지 이해하지 못한 것은 우리도 마찬가지였다.

"이 개가 원했던 것은 자신을 학대하던 주인을 도와달라는 것뿐이었어. 오직 그 생각만 했대. 음식이나 다른 생각은 조금도 하지 않았다는군. 개는 자기 주인을 이틀 밤 동안 지켜보았어. 너희는 인간이라는 종족을 어떻게 생각하니? 천국은 인간만이 갈 수 있는 곳일까?

학교에서 선생들이 하는 말처럼 개 따위는 천국에 들어갈 수 없는 걸까? 너희 인간은 개한테 도덕이나 관대함을 주입할 수 있을까?"

개는 사탄이 자기 이야기를 하자 행복해하며 신나게 깡충깡충 뛰었다. 사탄은 당장에라도 개에게 인간들을 처형하라는 명령을 내릴 기세였다.

"사람들을 데리고 이 개를 따라가. 이 개가 썩어가는 송장을 보여 줄 거야. 죽음의 의식이 필요하다면, 신부님도 한 분 데려가. 죽음이 가까이에 이르렀으니까."

이 말을 끝으로 사탄은 사라져버렸고, 우리는 슬픔과 실망에 잠겼다. 몇몇 사람들과 아돌프 신부님을 모시고 가보니 사라진 한스 오페르트는 이미 죽어 있었다. 아무도 고인을 돌보지 않았고, 오직 그의 개만 애절하게 울부짖으며 주인의 얼굴을 초조하게 핥았다. 한스의 몸은 관에도 누이지 못한 채 그 자리에 매장되었다. 돈도 친구도 없고, 오직 개 한 마리뿐인 가엾은 영혼이었다. 우리가 한 시간만 일찍 도착했더라도 신부님이 그 가엾은 영혼을 하늘나라에 보낼 수 있었을지 모른다. 하지만 한스는 지옥의 불바다에 빠져 뜨거운 불구덩이에서 영원히 제 몸을 사를 것이다. 얼마나 많은 사람이 때를 놓쳐 안타까운 일을 당하는지, 이 세상이 참으로 가련하게 느껴졌다. 한 시간의 여유도 없었던 불쌍한 영혼! 한스에게 마지막 한 시간은 영원한 기쁨과 영원한 고통을 가르는 엄청난 시간이었다. 한 시간의 가치를 생각하다 보니 나는 사는 것이 두려워졌다. 시간 낭비에는 반드시 후회와 두려움이 따른다는 사실을 되새겨보았다. 침울해진 세피가 슬퍼하며 말했다. 차라리 개가 되는 편이 낫겠다고……. 개는 그런 끔찍하고 위험한 짓은 저지르지 않을 것이니.

우리는 한스의 개를 집으로 데리고 가서 가족처럼 돌보아주었다. 함께 걸어가는 동안 세피는 많은 생각을 했다. 그러는 동안 개는 우리에게 재롱을 피우며 기운을 북돋워 주었다. 그러자 기분이 한결 좋아졌다. 한스의 개는 자기에게 못되게 군 주인을 용서했고, 하느님도 그의 죄를 용서해주었을 것이라고 세피는 이야기했다.

사탄도 돌아오지 않고 별다른 사건도 없었던, 아주 따분한 한 주가 지나가고 있었다. 우리 삼총사는 마게트를 보러 갈 엄두가 나지 않았다. 달빛이 아주 환해서 금세 부모님에게 들킬 수 있었기 때문이다. 다만 강 건너 초원에서 고양이에게 바람을 쐬어줄 겸 산책하러 나온 우르즐라를 몇 번 마주칠 수 있었다. 다행히 마게트는 별일 없이 잘 지내고 있다고 했다. 말쑥하게 차려 입은 우르즐라도 신수가 훤해 보였다. 하루도 빠짐없이 꼬박꼬박 들어오는 4그로셴의 은화는 식량과 포도주를 사도 족히 남는 액수였다. 이 모든 것이 고양이의 뒷바라지 덕분이었다.

마게트는 고독과 고립감을 제법 잘 버텨내고 있었다. 빌헬름 메들링의 도움이 큰 힘이 되었다. 그녀는 매일 밤 한두 시간 정도 감옥에서 삼촌을 만났고 고양이 덕분에 맛있는 것도 많이 챙겨다 줄 수 있었다. 그런데 마게트는 필립 트라움을 보고 싶어 했다. 그에 대해 알고 싶은 것이 아직도 많다며, 내가 필립을 데려와 주면 좋겠다고 말했다는 것이다. 우르즐라 역시 필립에게 관심이 많았는데, 특히 그의 삼촌에 관해 쉴 새 없이 질문을 퍼부었다. 사탄이 우르즐라에게 잔뜩 헛바람을 넣어주었던 어처구니없는 사건을 친구들에게 말해주자, 다들 배꼽이 빠질세라 웃어댔다. 우리가 우르즐라의 질문에 입을 다물자 그녀는 실망한 기색이 역력했다.

우르즐라는 작은 정보 하나를 알려주었다. 여윳돈이 있어서 집안일을 돕고 심부름을 해줄 하인을 고용했다는 것이다. 그녀는 이 이야기를 별일 아니라는 듯, 당연한 듯이 무심코 내뱉었다. 그러나 이면에 있는 확고한 의지와 당당함이 느껴졌다. 우르즐라의 자부심과 기쁨이 숨김없이 드러났다. 늙고 가난한 여인이지만, 존엄함이 느껴져서 참 아름답다고 느낀 순간이었다. 하지만 고용했다는 하인의 이름을 듣는 순간 그녀가 정말 생각이 있는 사람인지 의심스러웠다. 우리가 아무리 어리고 종종 경솔할 때도 있지만, 어떤 면에서는 제법 촉이 좋았다.

우르즐라가 고용한 하인의 이름은 고트프리트 나르였다. 약간 굼뜬 데가 있지만 선한 소년이었다. 악한 구석이라고는 조금도 찾아볼 수 없고, 누군가에게 미움받을 행동을 하는 아이는 아니었다. 하지만 고트프리트는 지금 마을 사람들로부터 따가운 눈총을 받고 있었다. 약 6개월 전에, 그의 할머니가 마녀로 화형당한 일 때문이었다. 마녀 사냥이라는 것이 어떻게 보면 사회적 병폐인데, 그것 때문에 그의 가족은 한순간에 갈기갈기 찢어졌다. 혈통이 관련된 이런 문제는 단 한 번의 화형으로 끝나는 법이 없었다. 따라서 이런 가문의 사람과 관계를 맺는다는 것은 시기상 절대 바람직하지 않았다.

지난 몇 년 동안 마녀사냥의 바람은 더욱더 거세게 불어닥쳤다. 우리 마을의 최고령자가 기억하는 것보다 훨씬 심각한 수준이었다. 마녀라는 소리만 들려도 사람들은 소스라치게 놀랐다. 그도 그럴 것이, 최근 몇 년 동안 전례 없이 많은 종류의 마녀가 속출했다. 고대시대에는 단지 늙은 여자만 마녀 소리를 들었지만, 최근에는 모든 연령층에서 마녀가 나왔다. 심지어는 여덟 살, 아홉 살짜리 어린이 마녀도 있었다. 사정이 이렇다 보니 누구든 악마의 친구로 판명될 수 있는 형국이었다. 성별이나 나이는 문제가 아니었다. 우리 마을처럼 작은 동네에서는 가급적 마녀들을 완전히 제거하려 했지만, 아무리 많은 마녀를 화형에 처해도 빠른 속도로 새로운 마녀들이 나타났다.

우리 동네에서 겨우 10마일 떨어진 여학교에서 있었던 일이다. 한 여학생의 등에서 빨갛게 부은 염증을 발견한 교사들이 이를 악마의 표시로 믿고 기겁한 사건이 있었다. 그 여학생은 두려움에 떨며 제발 자기를 고발하지 말라고 선생님들께 빌고 또 빌었다. 그것은 그저 벼룩에 물린 상처일 뿐이라고 해명했다. 하지만 문제는 거기서 끝나지 않았다. 당연한 일이었다. 모든 여학생이 조사를 받았고 쉰 명 중 열한 명에게서 '나쁜 흔적'이 발견되었다. 나머지도 그나마 상처가 덜했을 뿐 안심하기에는 일렀다. 조속히 진상조사위원회가 소집되었다. 열한 명의 여학생은 엄마를 찾으며 울기만 할 뿐 아무도 자백하지 않았다.

이들은 모두 어두컴컴한 독방에 갇혀 열흘 밤낮 동안 검은 빵과 물만 받는 신세가 되었다. 이 여학생들은 점점 깡마르고 거칠어졌다. 눈물도 더는 나오지 않아 눈이 다 말라붙어 버렸다. 그저 주저앉아 중얼거리기만 할 뿐 음식은 입에도 대지 않았다.

그때 한 여학생이 죄를 자백했다. 자기들은 마녀의 안식일에 빗자루를 타고 하늘을 날았고, 산꼭대기에 있는 음산한 장소에 도착해 다른 수백 명의 마녀와 악마와 함께 진탕 마시고 춤을 추었으며, 온갖 추악한 행위를 벌이면서 사제들을 욕하고 하느님을 모독했다는 것이다. 하지만 이 이야기는 전혀 자연스럽지가 않았다. 기억에도 없는 내용을 어떻게 줄줄이 떠올릴 수 있겠는가!

이 일을 꾸민 것은 진상조사위원회였다. 그들은 마녀에게 어떤 질문을 해야 할지 잘 알았다. 왜냐하면, 마녀들을 다루는 사용 설명서가 이미 2세기 전부터 작성되었기 때문이다. 진상조사위원회가 "너희는 이러저러한 일을 했지?"라고 물으면, 여학생은 피곤하고 지친 기색으로 "예"라고만 대답했다. 어떤 질문을 해도 답은 항상 같았다.

이 소식을 들은 다른 열 명의 여학생도 죄를 자백했고 모든 묻는 말에 "예"로 답했다. 결국 이 여학생들은 다 함께 화형을 당했다. 어느 모로 보나 공정하고 타당한 처사였다. 모든 시골 사람이 이 화형식을 보려고 찾아왔다. 나 역시 화형장에 갔다. 그 자리에서 평소 함께 놀았던 예쁘고 귀여운 여학생을 보았다. 말뚝에 쇠사슬로 칭칭 동여매어 있던 그 아이를 보기가 너무나 안쓰러웠다. 아이의 어머니는 딸에게 몸을 기대어 목 놓아 울었다. 목을 감싸 안으며 마치 집어삼킬 것처럼 미친 듯이 입술을 맞추었다. "맙소사! 맙소사!"라는 말만 연신 되풀이했다. 그때 나는 너무나 끔찍해서 발길을 돌리고 말았다.

고트프리트의 할머니는 살을 도려낼 것 같은 추운 날 화형을 당했다. 두통이 심한 환자의 머리와 목을 손가락으로 주물러서 병을 낫게 한 것이 화근이었다. 그런 방법은 일반적으로 악마의 손길로 알려졌다. 진상위원회에서 사건을 조사하러 나오자 할머니는 한 치의 머뭇거림도 없이 바로 죄를 자백했다. 자신의 힘은 악마에게서 나온다고 말이다. 처형식은 다음 날 아침 일찍, 시장이 있는 광장에서 거행되기로 정해졌다. 불을 맡은 관리가 가장 먼저 도착했고, 이어서 경관의 손에 붙들려 할머니가 도착했다. 경관은 할머니를 남겨두고 다른 마녀를 잡아오기 위해 자리를 떴다. 할머니의 가족은 참석하지 않았다. 현장에 있었다면 가족들 역시 온갖 모욕을 당하고, 흥분한 군중들 손에 돌을 맞을 수도 있었다. 나는 할머니에게 다가가 드시라고 사과를 하나 드렸다. 할머니는 불 옆에 쪼그리고 앉아 몸을 데우며 의식을 기다리고 있었다. 할머니의 입술과 두 손이 추위로 파랬다. 이어서 낯선 남자가 도착했다. 지나다가 우연히 들른 여행객이었다. 그 남자가 할머니에게 다정하게 말을 걸었는데, 나 외에는 아무도 이를 알아채지 못했다. 그 사람은 위로하며 할머니가 한 고백이 사실인지 여쭤보았다. 할머니가 아니라고 대답하자 깜짝 놀란 눈으로 아까보다 더 많은 위로를 표했다. 당연히 궁금증이 커졌다.

"그럼 왜 자백하신 겁니까?"

"나는 가난한 노인이랍니다. 먹고살려면 일하는 수밖에 없어요. 죄를 자백하는 것 말고는 방법이 없었지요. 만일 자백하지 않았다면 풀려났겠죠. 하지만 내 삶은 더 엉망이 되었을 거예요. 내가 마녀라는 혐의를 받은 이상 아무도 나를 가만두지 않을 것이고, 그럼 일자리도 모두 잃게 되겠지요. 내가 어디를 가든 사람들은 개를 풀어 공격할 것이고요. 그럼 얼마 안 가 굶어 죽게 되겠지요. 내게는 화형이 최선이랍니다. 금방 끝날 테니 걱정 마세요. 두 분 다 참 친절하시네요. 감사합니다."

할머니는 불 옆에 바짝 달라붙어 앉아 두 손을 뻗었다. 부드러운 눈송이들이 그녀의 머리에 소복이 쌓였다. 허옇게 센 머리가 더욱 희어 보였다. 군중이 하나둘 모여들기 시작했고, 어디선가 달걀이 날아와 할머니의 눈을 강타했다. 깨진 달걀이 얼굴 위로 주르륵 흘러내렸다. 여기저기서 비웃는 소리가 들려왔다.

나는 사탄에게 열한 명의 여학생 사건과 고트프리트의 할머니 이야기를 들려준 적이 있었다. 그러나 사탄의 반응은 심드렁했다. 그것이 바로 인간이라는 족속의 실체이며, 인간이 하는 행동은 조금도 대수로울 것이 없다고 했다. 사탄이 본 것이 사실이라면, 인간은 찰흙이 아니라 진흙으로 창조되었다고 한다. 진흙도 흙은 흙이지만, 그것은 뭔가 의미심장한 발언이었다. 나는 사탄이 도덕관념을 말하려는 것임을 알아챘다. 그런 속내를 읽었는지 사탄은 뭔가 말하려는 듯 주춤거리다가 웃음을 터뜨렸다. 이어서 사탄은 초원에서 어슬렁대던 수송아지 한 마리를 불러냈다. 그 송아지를 쓰다듬으며 잠시 대화를 나눈 뒤 내게 말했다.

"이 송아지는 두렵고 외롭고 굶주린 아이들을 화나게 한 적이 한 번도 없어. 하지도 않은 일을 꾸며내어 고백하라고 한 뒤 불에 태워 죽이는 일도 결코 하지 않았고 말이야. 아무 잘못도 없는 가난한 노파의 목숨을 끊는 일도 한 적이 없어. 남에게 두려움을 주며 자기 자신을 믿지 못하게 만들지도 않았어. 게다가 죽음의 고통에 사로잡힌 사람을 모욕하지도 않아. 왜 그런지 알아? 송아지도 천사들처럼 도덕관념에 오염되지 않았기 때문이야. 소 역시 죄를 모르고, 죄를 짓지도 않지."

평소에는 사랑스러운 사탄이었지만, 이처럼 특별한 이야기를 할 때는 몹시도 공격적이 되었다. 특히 인간의 행동에 관해 이야기할 때는 좀 더 교묘하게 비아냥댔다. 인간을 절대로 따뜻하게 말하는 법이 없었다.

아까도 말했지만, 우리 삼총사는 우르즐라가 나르 가문의 사람을 고용하는 것이 적절하지 않다고 판단했다. 우리 생각이 옳았다. 사람들이 알면 당연히 분개할 일이었다. 마게트와 우르즐라 자신도 생계 걱정을 해야 할 판국에 어디서 돈이 나와 군식구를 먹여 살린다는 말인가? 사람들이 알고 싶은 것도 바로 그 점이었다. 마게트의 집에 대체 무슨 일이 벌어진 것인지 알아내려고 사람들이 팔을 걷어붙였다. 그들은 고트프리트를 괴롭히는 대신 그의 주변을 탐색하면서 허물없이 이야기를 주고받기 시작했다. 고트프리트는 사람들의 접근이 아주 반가웠다. 고트프리트는 이런 접근을 전혀 악의 없이 받아들였다. 그게 덫이라는 것은 까맣게 몰랐다. 그는 사람들이 묻는 말에 아주 솔직하게 모든 것을 털어놓았다. 신중함이라고는 눈곱만큼도 없었다. 송아지도 그보다는 나을 것이다.

"돈이요! 그들은 돈이 아주 많아요. 저는 급료로 일주일에 2그로셴을 받아요. 생활비도 따로 받고요. 게다가 온갖 귀하고 맛난 것들만 먹어요. 그래서 제가 말했죠. 왕자님도 울고 갈 식탁이라고."

아연실색할 이야기였다. 이 이야기는 점성술사를 거쳐 아돌프 신부님의 귀에 들어갔다. 주일 아침 미사를 마치고 돌아오는 길에 점성술사가 직접 이야기한 것이다. 아돌프 신부님은 깊은 생각에 잠긴 뒤 대답했다.

"조사가 필요한 사건이로군요."

아돌프 신부님은 이 일의 근본에는 필시 마법이 있을 거라고 말했다. 그리고 마을 주민들에게 마게트와 우르즐라에게 접근하라고 일러두었다. 그들과 다시 친분을 쌓은 뒤 두 눈을 똑바로 뜨고 관찰하라는 임무를 주었다. 눈에 띄지 않도록 조심하라는 당부도 잊지 않았다. 비밀을 철저히 지키고 의심을 사지 않아야 했다.

마을 사람들은 처음에는 그런 음산한 집에 발을 들여놓는 것 자체를 약간 꺼렸다. 하지만 아돌프 신부님이 보호해줄 것이라고 말하자 어느 정도 근심을 내려놓았다. 특히 성수(聖水)와 묵주와 십자가를 지니고 가면 어떤 것도 해치지 못한다는 말에 순순히 명령에 따랐다. 부러움 반 적개심 반으로 더욱 이 일에 앞장선 야비한 이들도 있었다.

가엾은 마게트는 다시 방문객들을 맞이했다. 마게트가 기뻐하는 모습은 마치 고양이처럼 앙증맞았다. 마게트는 그동안 많이 나아진 살림에 행복했고, 이런 변화를 과시하려는 마음도 아주 없지는 않았다. 이런 점에서 그녀도 평범한 사람들과 다를 바 없었다. 마게트는 자기에게 다시 따뜻한 어깨를 내어주고 미소를 되찾게 해준 친구들과 마을 사람들이 인간적으로 매우 고마웠다. 세상에서 가장 견디기 힘든 일은 아마도 이웃들의 배척과 모욕적인 따돌림일 것이다.

우리 삼총사에게도 굳게 닫혀 있던 빗장이 드디어 풀렸다. 우리는 부모님과 함께 매일 마게트의 집에 찾아갔다. 덩달아 바빠진 것은 고양이 아그네스였다. 아그네스는 손님들을 위해 무엇이든 최고를 마련했고 늘 차고 넘치도록 대접했다. 요리와 포도주로 말하자면, 생전 맛본 적도 들어본 적도 없는 진귀한 것들뿐이었다. 대공의 하인들을 통해 몇 번 들어본 것이 전부였다. 식기들과 식탁 장식도 범상치가 않았다.

마게트도 처음에는 이런 변화가 절대로 편치만은 않았다. 불안한 마음에 우르즐라에게 거북한 질문을 퍼붓기도 했다. 하지만 우르즐라는 끝까지 자기 뜻을 고집했다. 이는 신의 섭리라고 우겼고, 고양이에 관해서는 끝내 입을 다물었다. 마게트도 신에게는 불가능이 없다는 것을 알았지만, 이런 일이 정말 신의 섭리인지 의심하지 않을 수 없었다. 하지만 그런 의심을 내비쳤다가는 어떤 재앙이 닥칠지 몰라서 차마 입을 열지 못했다. 마법이 일어났을지 모른다는 생각도 잠깐 했지만, 이내 거두었다. 왜냐하면 이런 변화는 고트프리트가 집안일을 맡기 전부터 일어났고, 게다가 독실한 신자인 우르즐라는 마녀를 극도로 혐오했기 때문이다. 고트프리트가 오기 전부터 신의 섭리는 이미 뿌리를 내리고 단단히 자리를 잡았다. 그리고 이 모든 감사한 일이 생긴 것이다. 사실, 변화의 주역은 고양이였다. 고양이는 아무 소리도 내지 않고 침착하게 일을 처리했다. 아낌없이, 그리고 노련하게 돈을 쓰면서.

크든 작든 공동체 안에는 천성적으로 악의가 없고 따뜻한 마음씨를 가진 사람들이 적지 않다. 이들은 극도의 공포에 사로잡히거나, 자기의 이익이 심각하게 훼손되는 경우가 아니라면 남에게 모진 행동을 하지 않는다. 에셀도르프에도 그런 부류의 사람이 제법 많았다. 보통 때는 그들의 선하고 순한 영향력이 느껴졌다. 하지만 마녀에 대한 두려움에 사로잡힌 이때는 이미 보통 때가 아니었다. 따뜻함이나 동정심 같은 것은 누구에게서도 기대할 수 없었다. 마게트의 집에 일어난 변화를 보고 사람들은 두려움에 떨었다. 귀신이 곡할 노릇이었다.

의심할 것도 없이 마법에서 비롯된 결과가 분명했다. 결국, 사람들은 공포로 이성을 잃고 말았다. 물론 그중에는 위험에 빠진 마게트와 우르줄라를 측은히 여긴 사람도 있었지만, 그렇다고 그들에게 충고의 말을 해줄 수는 없었다. 자기들의 신변도 위험해질 수 있었기 때문이다. 나머지 사람들은 자기 갈 길 가기에도 바빴다. 아무도 그 순진한 숙녀와 어리석은 노파에게 충고나 경고를 해주지 않았다. 우리 삼총사도 마게트와 우르줄라에게 위험을 알리고 싶었지만, 결정적인 순간이 오자 두려워서 그만두었다. 우리 역시 곤경이 닥치면 곧바로 발을 빼는 비겁한 사람이었다. 위험 앞에서는 남자다움도 용기도 없었다. 이런 초라한 진짜 모습을 누군가에게 털어놓은 적은 없지만, 우리도 다른 사람과 다를 바 없다는 사실은 변함이 없다. 중요한 문제는 쏙 빼놓고 다른 이야기만 지껄이는 사람들과 똑같았다.

우리 삼총사는 모두 비열했다. 우리도 첩자들과 어울려 마게트가 차려준 훌륭한 음식과 음료를 즐겼다. 그리고 마게트에게 다정히 굴면서 기분 좋은 말을 늘어놓았다. 그러면서도 속으로는 바보처럼 행복해하는 마게트를 자책하면서 바라만 보았고 그녀를 위해 진실한 조언 한마디 해주지 못했다. 마게트는 정말 행복해 보였다. 마치 공주가 된 것처럼 자랑스러워했다. 다시 찾아와준 친구들에게 몇 번이나 고마워했다. 그러는 내내 동네 사람들은 이 모든 상황을 두 눈에 담았고, 관찰한 결과를 아돌프 신부님에게 빠짐없이 보고했다.

아돌프 신부님은 이 상황을 도무지 종잡을 수가 없었다. 인근 어딘가에 마법사가 있는 것이 분명한데, 대체 누가 마법사란 말인가? 마게트가 마법을 부리는 것은 아무도 보지 못했다. 우르즐라나 고트프리트도 마찬가지였다. 그런데도 포도주와 맛난 음식은 손님들이 요청할 틈이 없이 계속해서 채워졌다. 이런 기적은 보통 마녀와 마법이면 가능한 일이었다. 그렇다면 새로울 것이 없었다. 하지만 아무런 주술도 없이, 심지어는 천둥소리나 지진이나 번개 혹은 유령도 없이 그런 기적이 벌어지는 것은 정말 새롭고 신기한 일이었다.

그동안 알고 있던 규칙을 완전히 뒤엎는 결과였고, 어떤 책에도 나와 있지 않은 마법이었다. 마법에 걸린 물건은 실재하는 법이 없었다. 마법이 풀리면 황금은 흙으로 변했고 음식은 시들어 사라져버렸다. 그러나 지금의 경우 이런 시험은 통하지 않았다. 첩자들이 몰래 가져온 표본들을 가지고 아돌프 신부님은 기도하면서 귀신을 몰아냈지만, 결과는 신통치 않았다. 표본들은 온전한 상태로 계속 남았고, 시간이 지나자 여느 때와 다름없이 자연스럽게 부패했다.

아돌프 신부님은 당혹스러움을 넘어 분노가 일었다. 마법과는 상관없음을 말해주는 증거들이 눈앞에 놓여 있었기 때문이다. 은밀하지만 확실한 증거였다. 하지만 신부님은 새로운 마법일 가능성도 염두에 두며 의심을 완전히 거두지는 않았다. 의심을 확인할 방법은 있었다. 그 풍성한 진수성찬이 집 밖에서 공수되지 않고 오직 집 안에서만 나온다면 그것은 틀림없는 마법이었다.

7

마게트는 집에서 파티를 열기로 하고 마흔 명에게 초대장을 보냈다. 초대장을 보낸 날로부터 일주일 뒤에 파티가 열릴 예정이었다. 아돌프 신부님에게는 절호의 기회였다. 마게트의 집은 외딴곳에 덩그러니 있어서 관찰하기에 쉬웠고, 한 주 내내 밤낮으로 감시당했다. 마게트의 집에는 평상시처럼 사람들이 들락날락했지만, 그들의 손에는 아무것도 들려있지 않았다. 집에 무언가를 가져가는 사람은 없었다. 이것은 분명히 확인된 사실이었다. 마흔 명을 위한 음식 재료는 밖에서 가져온 것이 아니었다. 따라서 마흔 명에게 제공될 음식은 집 안에서 만들어져야 했다. 마게트가 매일 밤 바구니를 들고 외출했지만, 돌아올 때는 늘 빈 바구니였다고 첩자들은 증언했다.

파티가 열리는 날 정오 무렵, 손님들이 속속 도착해 집을 가득 채웠다. 아돌프 신부님도 왔고, 초대받지 않은 점성술사도 신부님 뒤를 따라 들어왔다. 첩자들이 알려준 바에 따르면, 앞마당에도 뒷마당에도 물품 꾸러미가 들어온 흔적은 전혀 없었다. 점성술사는 화려하게 차려진 진수성찬들을 보았다. 모든 것이 축제답게 착착 진행되었다. 점성술사가 재빨리 주변을 돌아보니 수북이 쌓인 온갖 산해진미들과 토종 과일, 수입된 과일들은 모두 금방 상하는 것들이었다. 모든 음식이 신선했고, 품질 또한 최고였다. 유령이 나타나거나, 주술을 걸거나, 천둥이 치는 일은 없었다.

이것은 분명 마법이었다. 꿈조차 꾸어본 적 없는 새로운 차원의 마법! 이처럼 막강하고도 놀라운 능력은 처음이었다. 점성술사는 자신이 그 비밀을 풀겠노라며 이를 악물었다. 이 마법의 비밀이 전 세계에 널리 알려지고 이역만리 먼 나라에까지 전파되면 세상 모든 나라가 놀라움에 뒤집어질 것이다. 이 비밀을 파헤친 점성술사 역시 영원한 명성을 얻을 것이다. 정말 멋지고 대단한 행운이 아닌가! 점성술사는 자기에게 돌아올 영광을 생각하니 머리가 아찔했다.

점성술사를 위해 온 집안에 자리가 마련되었다. 마게트는 공손하게 그를 자리에 앉혔다. 우르즐라는 고트프리트에게 명하여 특별한 잔칫상을 내오도록 했고, 직접 식탁을 꾸민 뒤 원하는 음식이 있는지 물었다.

"알아서 가져오너라."

점성술사가 말했다.

두 명의 하인이 식료품 저장실에서 백포도주와 적포도주를 각각 한 병씩 내왔다. 점성술사에게 그렇게 훌륭한 포도주는 아마 난생처음이었을 것이다. 그는 적포도주를 한 잔 따라 마신 뒤 또 한 잔을 마셨다. 그리고 엄청난 속도로 음식을 먹어치웠다.

나는 사탄이 올 거라고 전혀 기대하지 않았다. 그를 본 지, 그의 목소리를 들은 지 일주일이 지나고 있었다. 그런데 놀랍게도 지금 그가 여기 있었다. 사람들이 온 사방에 가득했지만, 나는 감각으로 그를 느끼고 볼 수 있었다. 방해해서 미안하다고 말하는 소리가 들렸고, 이내 사탄은 마게트의 집을 떠나려 했다. 하지만 마게트가 이를 만류했고, 사탄은 감사하다며 마지못해 자리에 남았다. 마게트는 사탄을 데리고 다니며 숙녀들과 메들링에게, 또 몇몇 어른들에게 소개했다. 여기저기서 수군대는 소리가 들려왔다.

"저 사람이 바로 그 외지에서 왔다는 젊은 양반이로구먼. 이야기는 많이 들었지만, 직접 보기는 오늘이 처음이야. 그동안 아주 먼 곳에 있었다지?"

"어머나! 잘생긴 것 좀 봐! 저 사람 이름이 뭐야?"

"필립 트라움이래."

"와! 딱 어울리는 이름이네!"('트라움'은 독일어로 '꿈'이라는 뜻이다.)

"뭐 하는 사람이래?"

"신학을 공부하고 있대."

"복 있는 얼굴이야. 언젠가 추기경이 되겠는걸."

"집은 어디래?"

"열대지방 어디라고 하던데. 부자 삼촌이 거기 산다나 봐."

기타 등등.

사탄은 단번에 뜻을 이루었다. 모두가 그를 알고 싶어 했고 그와 이야기하고 싶어 했다. 갑자기 실내 공기가 몰라보게 신선하고 상쾌해졌다. 이를 알아차린 파티 손님들이 신기해하는 것은 당연했다. 바깥은 여느 때처럼 햇볕이 쨍쨍 내리쬐고 있었고 하늘에는 구름 한 점 없었기 때문이다. 그 이유를 아는 사람은 당연히 아무도 없었다.

점성술사는 두 번째 포도주잔을 비우고 나서 세 번째 잔을 채웠다. 그런데 포도주병을 내려놓다가 실수로 병을 엎질렀다. 다행히 포도주가 많이 쏟아지기 전에 재빨리 병을 붙들었다. 점성술사는 포도주병을 불빛에 비춰본 뒤 말했다.

"아이고 아까워라. 왕실 포도주로군."

순간 점성술사의 얼굴에 의기양양한 미소가 옅게 번졌다. 그는 소리쳤다.

"당장 그릇을 가져와라!"

4쿼트(역주 : 쿼트는 액체를 세는 단위. 영국과 캐나다에서는 2파인트 또는 약 1.14리터, 미국에서는 0.94리터. 4쿼트는 2파인트와 거의 동일한 용량이다.) 용량의 그릇이 곧 당도했다. 그는 2파인트(역주 : 파인트는 액체를 세는 단위. 영국에서는 0.568리터, 일부 다른 나라와 미국에서는 0.473리터. 2파인트와 4쿼트는 거의 동일한 용량이다.)들이 포도주병을 들어 그릇에 쏟아 붓기 시작했다. 붉은 포도주가 하얀 그릇 안으로 콸콸 쏟아졌다. 모든 사람이 숨죽이며 지켜보는 가운데 포도주가 그릇 가장자리로 점점 솟아올랐고, 결국에는 그릇을 가득 채웠다. 점성술사는 포도주병을 들고 말했다.

"자, 이 병을 보시오. 아직도 술이 가득하오."

나는 사탄 쪽을 슬쩍 곁눈질해보았는데 그는 어디론가 사라지고 없었다. 아돌프 신부님이 상기된 얼굴로 자리를 박차고 일어났다. 그는 몹시 흥분한 채로 성호를 그었다. 그리고 우렁찬 목소리로 고함을 질렀다.

"이 집은 마귀에 들렸소! 저주받은 곳이오!"

이에 사람들은 소스라치듯 비명을 지르며 우르르 현관 입구로 달려갔다.

"나는 이 집을 소환하려……."

아돌프 신부님의 말은 여기서 중단되었다. 그의 얼굴이 붉으락푸르락해지더니 더는 아무 소리도 내지 못했다. 그때 사탄이 투명한 막이 되어 점성술사의 몸속으로 미끄러져 들어가는 것이 내 눈에 포착되었다. 곧이어 점성술사가 손을 들어 말했다. 목소리는 분명 점성술사였다.

"잠깐! 모두 그대로 있으시오."

사람들이 제자리에 멈춰 섰다.

"깔때기를 가져 와라!"

우르즐라는 바들바들 떨며 깔때기를 가져갔다. 점성술사는 포도주병에 깔때기를 끼운 다음 포도주 담은 그릇을 들고는 붓기 시작했다. 지켜보던 사람들은 너무나 놀라서 까무러칠 지경이었다. 포도주병에 포도주가 가득 차 있다는 것을 이미 알고 있었기 때문이다. 점성술사는 그릇에 있는 포도주를 모두 병에 채운 뒤 사방을 빙 둘러보며 빙그레 미소 짓다가 낄낄댔다. 그리고는 태연히 말했다.

"이런 것은 아무것도 아니야. 누구든지 할 수 있어. 나한테는 이보다 더한 것도 할 수 있는 능력이 있다고!"

또다시 자지러지는 비명들이 터져 나왔다.

"맙소사! 점성술사가 귀신에 들렸나 봐!"

사람들이 앞다투어 문밖으로 뛰쳐나가느라 현장은 그야말로 아수라장이 되었다. 마게트의 집은 순식간에 텅 비어버렸다. 남은 사람은 우리 삼총사와 메들링뿐이었다. 사건의 진실을 알고 있던 우리 삼총사가 자초지종을 설명하려 했지만, 말문이 막혀 아무 말도 할 수가 없었다. 정말로 중요한 순간에 도와준 사탄이 고마웠다.

마게트는 하얗게 질린 얼굴로 울음을 터뜨렸다. 메들링도, 우르

108

즐라도 겁을 집어먹은 듯했다. 가장 상태가 나쁜 쪽은 고트프리트였다. 고트프리트는 온 힘이 빠져 서 있지도 못했다. 너무나 무서워서 온몸을 바들바들 떨었다. 마녀의 가문이라는 족쇄 때문에 자칫하면 자신이 공격 대상이 될 수도 있었던 것이다. 이때 아그네스가 아무것도 모른다는 듯 어기적어기적 걸어 들어와 우르즐라에게 기댔다. 그리고 쓰다듬어달라는 듯 몸을 비벼댔다. 순간 소름이 끼친 우르즐라는 고양이를 피했다. 짐짓 고양이를 무시하려는 의도는 없다는 손짓을 했으나, 마음에도 없이 고양이를 쓰다듬어준다고 문제가 해결되는 것은 아니라고 생각한 것이다. 대신 우리 삼총사가 아그네스를 안고 쓰다듬어주었다. 사탄이 아그네스를 좋게 생각하지 않았다면 그를 가까이 두지도 않았을 것이다. 그 이유만으로도 우리는 아그네스에게 친절히 대해야 했다. 사탄은 도덕관념이 없는 족속은 무엇이든 신뢰하는 것 같았다.

파티에 찾아왔던 손님들은 공황 상태에 빠져 온 사방으로 허겁지겁 달아나고 있었다. 공포에 사로잡힌 모습이 너무나도 딱해 보였다. 달리고 오열하고 비명을 지르고 악을 쓰고……. 소동도 그런 소동이 없었다. 곧이어 온 마을 사람이 파티에 참가했던 사람들의 집에 모여들어 대체 무슨 일인지 알아보았다. 자초지종을 들은 사람들은 모두 두려움에 빠졌고, 몹시 흥분한 상태로 떼를 지어 거리로 나왔다. 서로 어깨를 밀치고 부딪치며 어딘가를 향해 서둘러 움직였다. 곧이어 아돌프 신부님이 모습을 드러내자 혼돈에 빠져 있던 사람들은 마치 홍해가 갈라지듯 양옆으로 물러나 길을 터주었다. 그 뒤로 점성술사가 무언가를 응얼거리며 성큼성큼 걸어 들어왔다. 점성술사가 지나가자 그 뒤로 군중들이 구름 떼같이 몰려들었다. 겁에 질려 아무도 입을 열지는 못했지만, 시선만은 점성술사에게서 떼지 않았다. 사람들은 흥분으로 가슴이 벌렁벌렁했고, 기절하는 여자들도 속출했다. 군중들은 무리를 지어 멀찌감치 점성술사의 뒤를 쫓아갔다. 격양된 어조로 점성술사에게 말을 건네고 궁금한 것을 물어보면서 사실을 확인했다. 이때 전달되는 과정에서 약간의 살이 붙었다. 포도주를 담았던 그릇은 1배럴(역주 : 배럴은 부피의 단위로 약 159리터에 해당함. 원래 그릇은 4쿼트로 약 1.14리터이다.)이었고, 그것을 포도주병 하나에 다 쏟아 부었지만, 그래도 병은 다 채워지지 않았다는 이야기로 부풀려졌다.

점성술사는 시장이 있는 광장에 도착했다. 그리고 곧장 저글링을 하는 마술사에게 다가갔다. 기상천외한 복장을 한 마술사는 놋쇠 공 세 개를 공중에 계속 띄우고 있었다. 점성술사는 그 공들을 빼앗아 모여든 구경꾼을 향해 말했다.

"이 사람은 예술도 모르는 형편없는 광대요. 자, 앞으로 나와 보시오. 대가의 실력이 무엇인지 보여주겠소."

점성술사는 공들을 하나씩 공중에 띄우고는 가느다란 타원형의 소용돌이를 일으키면서 하나둘씩 공을 추가했다. 대체 어디서 공이

110

나오는지는 보이지 않았지만, 어쨌든 공은 계속 추가되었고 타원형의 소용돌이도 계속 길어졌다. 손놀림은 또 어찌나 빠르던지 거미줄 같기도 했고, 희끄무레한 물체 같기도 했다. 아무튼 손처럼 보이지는 않았다. 그리하여 공중에는 백여 개의 공이 떠다니게 되었다. 타원형의 소용돌이는 약 20피트 상공까지 솟았다. 빙글빙글 돌아가며 빛을 받아 반짝거리는 것이 그야말로 기가 막힌 장관이었다. 이어서 점성술사는 팔짱을 낀 채 공들에게 계속 돌라고 명령했다. 그러자 공들이 스스로 돌았다. 몇 분 뒤, "됐다, 이제 그만해!"라고 명령하자, 긴 띠를 이루며 돌고 있던 공들이 우르르 땅에 떨어져 온 천지 사방에 흩어졌다. 겁에 질린 사람들은 튀는 공을 맞지 않으려고 피하기에 바빴다. 공에는 손도 대지 않으려 했다. 이를 본 점성술사는 깔깔거리며 '겁쟁이', '좀생이'라고 놀려댔다.

점성술사는 몸을 돌려 줄타기 곡예사를 보았다. 그리고 구경꾼들을 향해 쏘아붙였다. 바보 같은 인간들이 매일 저런 어설픈 광경을 보는 데 돈을 낭비하고 있다는 둥, 무식한 종놈이 아름다운 예술을 모독하고 있다는 둥 온갖 독설을 퍼부었다. 이제 진짜 대가의 예술을 볼 차례였다. 그는 공중으로 껑충 뛰어올라 줄 위에 가볍게 올라섰다. 그런 다음 한 발로 깡충깡충 뛰면서 앞뒤로 계속 왔다 갔다 했다. 심지어 두 손으로 눈을 가리기까지 했다. 이어서 공중제비를 넘기 시작했는데 앞뒤로 번갈아 총 스물일곱 바퀴를 돌았다.

여기저기서 수군거리는 소리가 들려왔다. 평소에 나이가 많은 점성술사는 거동이 불편했고 절름거릴 때도 있었기 때문이다. 그런데 지금 움직임을 보면 믿을 수 없을 정도로 날렵했다. 위험한 동작도 전혀 문제가 없었다. 마침내 점성술사는 줄에서 가볍게 뛰어내렸다. 그리고 곧장 걸어가 대로를 지나 골목 안으로 모습을 감추었다. 그동안 잠잠하던 무리가 이제야 일제히 깊은 한숨을 내쉬었다. 모두 하얗게 질린 얼굴이었다. 그들은 입을 다문 채 서로의 얼굴만 살폈다. 눈빛은 이렇게 말하는 것 같았다.

"이게 꿈이야 생시야? 당신도 봤어요? 아니면 나만 꿈을 꾼 건가?"

그들은 간신히 입을 떼었지만, 감히 큰 소리를 내지 못하고 삼삼오오 각자의 집으로 흩어졌다. 한 손으로 팔을 감싸고 서로 머리를 조아린 채 낮게 중얼거렸다. 충격과 두려움이 아직 가시지 않은 듯했다.

우리 삼총사는 각자 아버지의 뒤꽁무니를 졸졸 따라다니며 사람들이 말하는 것을 듣고 사태를 대충 파악했다. 우리 집에 동네 어르신들이 찾아와 이야기할 때 우리도 그 틈에 끼었다. 모두 침울한 표정이었다. 마을에 이렇게 끔찍한 마녀와 마귀들이 출몰한 것은 재앙의 전조가 틀림없다고 했다. 내 아버지는 아돌프 신부님이 마귀를 비난하다가 말문이 막힌 일을 떠올렸다.

"전에는 마녀나 마귀들이 하느님의 종에게 감히 손도 대지 못했잖아요. 그런데 어떻게 그런 짓을 할 수 있었는지 도무지 이해가 안 되네요. 심지어 신부님은 목에 십자가를 걸고 있었잖아요. 그렇죠?"

"맞아요. 우리도 봤어요."

다른 이들이 대답했다.

"정말 심각한 일이에요. 전에는 늘 보호받고 있다고 느꼈는데……, 이제 방패막이가 사라진 거예요."

다른 사람들도 치가 떨리는지 몸을 부르르 떨며, 아버지가 했던 말을 연신 되풀이했다.

"방패막이가 사라진 거예요. 하느님은 우리를 버리셨어요."

"정말 그래요. 이제는 어디에다 도움을 청해야 할지……."

세피의 아버지가 말했다.

니콜라우스의 아버지도 의견을 내놓았다.

"이런 현실을 깨달으면 사람들은 절망의 나락에 빠질 거예요. 용기도, 기운도 모두 잃어버리겠죠. 이제는 정말 악마의 시대로 추락한 겁니다."

니콜라우스의 아버지가 한숨을 내쉬자 세피의 아버지가 말을 이었다.

"이런 소문이 온 나라에 퍼지면 우리 마을은 하느님이 싫어하시는 동네로 낙인찍힐 것이고, 그러면 방문도 꺼리지 않을까요? 그러면

골든 스태그도 버티기 힘들 거예요."

내 아버지가 말을 받았다.

"맞아요. 모든 사람이 영향을 받겠지요. 평판이 나빠지는 것은 모두가 똑같이 겪을 일이고, 재산을 잃는 사람도 많을 거예요. 그리고 오, 맙소사!"

"왜 그러시오?"

"최후의 날이 올 수도 있어요."

"하느님, 제발!"

"교회에서 제명되는 것을 말하는 거예요?"

이 말은 엄청난 충격을 가져다주었다. 마치 천둥이 강타한 듯 사람들은 너무나 두려워했다. 곧 죽을 것처럼 벌벌 떨었다. 재앙에 대한 공포가 엄습하며 온몸에 소름이 돋고 머리털이 쭈뼛 섰다. 이제 상념은 멈추고 재앙을 피할 방법을 짜내야 했다. 토론은 오후가 저물 때까지 계속되었다. 하지만 지금으로써는 아무런 판단도 할 수 없다는 것이 결론이었다. 저마다 슬픔에 잠겨 각자의 집으로 돌아갔다. 우울한 마음에 불길한 생각마저 덮쳐 돌아가는 발걸음이 무거웠다.

마을 사람들이 헤어지면서 인사를 나누는 동안 나는 몰래 빠져나와 마게트의 집을 향해 걸어갔다. 그곳 사정이 몹시 궁금했다. 도중에 많은 사람을 만났지만, 인사를 건네는 사람은 아무도 없었다. 평소라면 놀랄 법도 했지만, 지금은 당연한 일이었다. 공포와 두려움에 휩싸여 다들 제정신이 아니었다. 모두가 하얗게 질리고 초췌한 모습이었다. 마치 꿈속을 걷는 듯 눈동자가 풀려 멍해 보였다. 입술은 옴짝달싹했지만 아무 소리도 들리지 않았다. 초조한 듯 두 손을 연신 쥐었다 폈다만 했다.

마게트의 집은 마치 장례식장을 방불케 했다. 마게트와 빌헬름이 나란히 소파에 앉아 있었지만 아무 말이 없었고, 서로 손도 잡지 않았다. 둘 다 너무나 침울한 표정이었다. 마게트는 어찌나 울었던지 두 눈이 벌겋게 물들어 있었다. 그녀가 말했다.

"빌헬름한테 제발 여기를 떠나라고 애원했어요. 다시는 오지 말고, 제발 목숨만은 지키라고요. 내가 이 사람을 죽인 살인범이 될 수는 없잖아요. 이 집은 마귀에 들렸어요. 여기 갇힌 사람은 화형을 피하지 못할 거예요. 그런데 이 사람은 가지 않으려 해요. 목숨을 잃어버리려고 하는 것 같아요."

빌헬름은 마게트의 곁을 절대 떠나지 않겠다고 다짐했다. 지금 마게트에게 위험이 닥친 거라면, 그녀 곁에 있어야 한다고, 자기가 있어야 할 곳은 여기라고 말했다. 그러자 마게트는 다시 눈물을 흘리기 시작했다. 그 모습이 어찌나 처량하던지 차마 발붙여 서 있을 수가 없었다. 그때 노크 소리가 들렸다. 문밖에는 산뜻하고 쾌활하고 아름다운 사탄이 서 있었다. 사탄과 함께 포도주를 머금은 공기도 함께 들어왔다. 이리하여 분위기는 완전히 달라졌다. 사탄은 지난 사건에 관해 한마디도 꺼내지 않았다. 마을 사람들의 심장을 얼어붙게 한 공포에 대해서도 입을 닫았다. 대신 온갖 재미있고 기분 좋은 이야기들을 쉬지 않고 늘어놓았다.

화제는 어느덧 음악으로 바뀌었다. 그리고 이것은 마게트의 우울한 마음을 깨끗이 날려버리는 절묘한 한 방이 되었다. 마게트는 음악 이야기에 흥미가 생기면서 완전히 생기를 되찾았다. 사실, 그녀는 어떤 이야기도 귀에 들어오지 않았고 일부러 듣지 않으려 했다. 그런데 음악 이야기에는 금세 빠져들면서 아주 행복해했다. 얼굴이 화사해지고, 말에서도 행복함이 묻어나왔다.

빌헬름도 이런 변화를 의식했지만, 일부러 즐거운 티를 내지 않았다. 마치 즐거워하면 안 되는 것처럼 말이다. 사탄은 이제 시(詩)로 화제를 돌리고는 시 몇 편을 근사하게 암송했다. 마게트는 또다시 시의 매력에 빠져들었다. 하지만 빌헬름은 이번에도 그러면 안 되는 것처럼 기분 좋은 티를 내지 않았다. 이를 눈치챈 마게트가 자신을 질책했다.

그날 밤 나는 감미로운 음악을 들으며 곯아떨어졌다. 유리창에 타다닥 비가 떨어지고 있었고, 멀리서는 희미하게 천둥이 으르렁댔다. 밤이 깊었는데 사탄이 나를 깨웠다.

"나랑 함께 가자. 어디로 갈래?"

"너와 함께라면 어디든 좋아."

순간 우리는 태양이 따갑게 내리쬐는 곳에 있었다. 사탄은 여기가 중국이라고 말했다.

너무나 놀라서 말이 나오질 않았다. 내가 이렇게나 멀리 왔다니 가슴이 벅차고 행복해서 정신을 차릴 수가 없었다. 우리 마을에서 나만큼 먼 나라에 가본 사람은 없었다. 평소 여행담을 늘어놓으며 뻐기던 바텔 스펄링도 이처럼 먼 곳에 와본 적은 없을 것이다. 우리는 반시간 이상 바쁘게 돌아다니며 그 넓은 제국을 샅샅이 돌아보았다. 우리가 본 광경들은 대단히 놀라웠다. 어떤 것은 아름다웠지만, 어떤 것은 생각하기조차 끔찍했다. 예를 든다면…… 언젠가는 이 여행담도 들려주고 사탄이 왜 다른 곳이 아닌 중국으로 나를 데리고 갔는지 설명할 수도 있다. 하지만 지금 하던 이야기를 끊고 싶지는 않다.

마침내 우리는 방랑을 마쳤다. 사탄과 나는 어느 산등성이 위에 나란히 앉았다. 광활한 산맥과 협곡, 계곡, 평원, 강들이 모두 한눈에 들어왔다. 쏟아지는 햇빛 아래 곤히 잠들어있는 도시와 마을들이 보였고, 저 멀리 지평선 끝에는 푸른 바다가 희미하게 일렁이고 있었다. 고요하고 환상적인 한 폭의 그림이었다. 눈은 즐거웠고 마음은 더없이 편안했다.

언제든 우리가 원할 때 환경을 바꿀 수만 있다면, 세상은 훨씬 살기 좋은 곳이 될 거라는 생각을 했다. 이처럼 아름다운 환경으로 바뀌니, 마음의 짐을 내려놓을 수 있었고, 몸과 마음의 케케묵은 피로도 쫓아버릴 수 있었다.

나는 사탄과 이야기를 나누며 그를 설득했다. 이 세상이 좀 더 괜찮은 곳이 되도록 이끌어주면 안 되느냐고 부탁했다. 또한 사탄이 그동안 한 일을 모두 떠올리면서, 앞으로는 좀 더 배려 있게 행동해주라고 부탁했다. 사람들을 불행하게 하는 행동을 멈추어달라고 애원했다. 물론 사탄에게 악의가 없다는 것은 나도 안다. 하지만 닥치는 대로, 충동적으로 일을 저지르기 전에, 잠시 멈추어서 결과에 대해 생각해보라고 충고했다. 사탄은 내 말에 화가 난 것 같지는 않았다. 상처받기는커녕 재미있고 놀랍다는 표정이었다.

"뭐! 내가 닥치는 대로 한다고? 나는 절대 그렇게 하지 않아. 멈추어서 결과를 생각해보라고? 하지만 내가 왜 그래야 하지? 어떤 결과가 나올지 뻔히 아는데. 나는 무슨 일이든 다 안다고."

"오! 그래? 결과를 알면서 어떻게 그런 짓을 할 수 있지?"

"음, 말해줄 테니 잘 들어. 너희는 참 이상한 종족이야. 너희 종족은 고통을 느끼는 장치와 행복을 느끼는 장치가 결합된 존재거든. 이 두 가지 장치는 쌍방 타협의 원칙에 따라 아주 정교하게 작동하면서 조화롭게 공존해. 이를테면, 어떤 마음에서는 분명 행복을 느끼는데, 다른 마음에서는 슬픔이나 상처로 바뀔 수 있어. 이때 강도가 수십 배 더 세지기도 하지. 인간의 삶은 대체로 행복과 불행으로 공평하게 나뉘어. 항상 불행하지만도, 항상 행복하지만도 않아. 하지만 인간의 기질상 고통이 거의 모든 것을 장악할 수도 있어. 그런 경우, 행복에 관해서는 거의 모른 채 생을 지나갈 수도 있지. 그런 사람에게는 자신이 손대는 모든 일이 불행으로 돌아오게 되어 있어. 혹시 그런 사람 본 적 있어? 그런 사람에게 인생은 기회가 아니라, 그저 재앙일 뿐이야. 안 그렇겠니? 겨우 한 시간짜리 행복을 얻으려고 수십 년의 불행한 인생을 고스란히 바쳐야 하는 사람도 있다고! 알겠어? 그런 경우도 가끔은 있다고! 예를 들어볼까? 지금 너희 마을 사람들은 나한테 아무 의미 없는 존재라는 것을 너도 알지?"

나는 단정적으로 말하고 싶지 않아서 대충 그런 것 같다고 얼버무렸다.

"그래, 그들은 나한테 조금도 중요하지 않아. 그럴 가능성은 1퍼센트도 없어. 너희 마을 사람들과 나의 차이는 무한대야. 우리 차이는 측정할 수가 없다는 말이지. 사람들은 지적 능력이 완전히 제로거든."

"지적 능력이 아예 없다고?"

"비슷한 예가 없어서 설명은 못 하겠지만, 인간이 어떻게 생각하는지 언젠가 자세히 보여줄게. 뒤죽박죽 난장판인 인간의 머릿속을 보면 너도 이해하게 될 거야. 인간과 나는 공통점이 하나도 없어. 단한 점도 서로 스치지 않는다는 말이야. 인간은 바보 같은 감각과 바보 같은 자만심을 가지고 허세를 부리고 야망을 품지. 하지만 바보 같은 인간의 삶에는 조롱과 탄식과 소멸만 있을 뿐이야. 인간에게 도덕관념 말고 다른 지각(知覺) 능력은 없어. 좀 더 자세히 설명해줄게."

　"여기 바늘귀만큼 작은 붉은 거미 한 마리가 있다고 쳐. 코끼리가 이 거미한테 과연 관심이 있을까? 거미가 행복한지 아닌지, 부자인지 가난한지, 떠나간 애인이 돌아올지 아닐지, 어머니가 건강한지 아픈지, 사회적으로 존경을 받는지 아닌지, 적에게 공격을 받는지, 친구에게 따돌림을 당하는지, 그의 희망이 꺾일지, 정치적 야망이 실패할지, 단란한 가족의 품 안에서 죽게 될지, 아니면 이국땅에서 소외되고 괄시받게 될지……, 코끼리는 과연 신경이나 쓸까? 아니야. 코끼리한테 붉은 거미는 아무런 의미가 없어. 그냥 아무것도 아니지. 코끼리의 동정심을 미세한 크기로 줄인다는 것 자체가 불가능한 일이거든. 나와 인간의 관계는 코끼리와 붉은 거미의 관계와 같아. 코끼리가 거미한테 적개심이 있는 것도 아니야. 적개심이든 무엇이든 그렇게 까마득한 수준까지 내려보내는 것 자체가 불가능하거든. 코끼리는 그냥 무관심한 거야. 나 역시 그렇고. 코끼리가 굳이 애를 써서 거미한테 가혹한 짓을 할 이유는 없어. 물론, 마음먹고 좋은 일을 해줄 수도 있겠지만, 그냥 자기 식대로 아무 수고를 들이지 않아도 그것이 바로 거미한테 좋은 일이 되는 거야. 나도 마찬가지이지. 나는 결과적으로 인간에게 좋은 일을 했지 나쁘게 한 것은 없어."

　"코끼리는 한 세기를 살지만 붉은 거미의 목숨은 겨우 하루뿐이야. 힘이나 지능, 혹은 위엄 면에서 코끼리와 붉은 거미의 차이는 천

120

문학적이지. 그럼 인간과 나는 어떨까? 인간은 모든 면에서 나보다 까마득히 아래에 있어. 그 차이는 측정할 수도 없다는 말이야. 아주 미세한 거미와 코끼리의 차이보다도 훨씬 크다고."

"인간은 너무나 서투르고 지루하고 힘들게 생각을 짜내지. 또 그렇게 짜낸 생각을 지극히 보잘것없는 일에 간신히 땜질해서 뭔가를 얻어내. 인간이 일하는 방식이 원래 그런 거야. 그러나 나는 달라. 나는 생각이 곧 창조야! 창조의 힘이란 무엇이든 원하는 것을 한순간에 만들어내는 것이지. 아무 재료도 없이, 액체든 고체든, 어떤 색깔이든, 무엇이든 상관없이 만들어내. 말하자면, '생각'이라고 하는 무(無)에서 곧바로 유(有)를 만들어내는 거야. 그런데 인간은 어떻지? 명주실을 상상하고 어떤 장치를 상상하고 그림을 상상한 다음 몇 주간 열심히 명주실로 화폭 위에 수를 놓아. 하지만 나는 그 모든 일을 한꺼번에 생각한 다음 곧바로 창조물을 내놓는다고."

"내가 시를 생각하고 음악을 생각하고 체스 게임의 기록을 생각하면, 생각하는 순간 생각한 것이 존재해. 무엇이든 마찬가지야. 내 정신은 어느 것도 넘어설 수 없는 불멸의 정신이지. 어떤 것도 내 시야를 방해하지 못해. 나한테는 바위도 투명하고, 어둠도 빛이야. 책을 펼칠 필요도 없어. 표지만 슬쩍 봐도 모든 내용이 단번에 내 정신에 입력되거든. 백만 년이 지나도 책에 쓰인 그대로 단어 하나 잊어버리지 않아. 하지만 인간의 뇌는 그렇지 않지. 물론 인간뿐 아니라 새, 물고기, 곤충, 혹은 내 눈에 띄지 않는 모든 피조물이 다 마찬가지야. 나는 학자의 두뇌도 단번에 꿰뚫어버려. 학자가 60년 동안 수고하여 쌓은 지식을 순식간에 내 것으로 만들 능력이 있거든. 게다가 학자는 잊어버릴 수 있고 또 잊어버려도 나는 그 모든 것을 영원히 보존해."

"자, 그럼 네가 나를 잘 이해했는지 네 생각을 꿰뚫어 볼게. 잘 지켜봐. 상황이 이상하게 꼬여서 코끼리가 거미를 좋아할 수는 있어. 코끼리가 거미를 볼 수 있다는 전제하에서 말이야. 하지만 코끼리가 거미를 사랑한다는 것은 불가능해. 코끼리는 코끼리만 사랑할 수 있어. 사랑은 자기와 똑같은 종족에게만 생기는 감정이거든. 천사의 사랑은 당연히 숭고하고 흠모할 만하고 성스럽지. 천사의 사랑은 인간의 상상력 너머, 무한대 너머에 있어. 하지만 천사의 사랑은 천사의 질서에 제한되어 있다고. 만일 천사의 사랑이 어느 한순간 너희 인간을 향한다면, 그 사랑을 받은 사람은 완전히 소멸되고 재가 되어버릴 거야. 그래! 우리는 인간을 사랑할 수 없어. 다만 해를 입히지 않도록 무관심할 수는 있지. 우리도 때로는 인간을 좋아해. 내가 너희 세 친구와 피터 신부님을 좋아하는 것처럼 말이야. 내가 마을 사람들에게 이런저런 일을 하는 이유도 내가 좋아하는 너희를 위해서야."

사탄의 말에 나는 속으로 콧방귀를 뀌었다. 사탄은 내 생각을 읽고는 자기 입장을 설명했다.

"겉으로는 그렇게 안 보일지 몰라도 나는 마을 사람들에게도 이로운 일을 했다고. 너희 종족은 행운과 불운을 조금도 구분할 줄 모르더구나. 두 가지를 항상 착각하지. 그것은 너희가 미래를 볼 줄 몰라서 그래. 보라고! 내가 마을 사람들을 위해 한 일은 언젠가 좋은 열매를 맺게 되어 있어. 어떤 열매는 지금 세대들이 맛볼 수 있지만, 어떤 열매는 후대에 가서야 맛볼 수 있을 거야. 열매의 뿌리가 나라는 것은 아무도 모르겠지만, 어쨌든 그것은 사실이지."

"너희 세 친구와 이런 놀이를 한다고 생각해봐. 일정한 간격으로 벽돌들을 일렬로 세운 다음, 벽돌 하나를 살짝 밀어뜨리는 것이지. 그럼 그 벽돌이 옆에 있는 벽돌을 넘어뜨리고 그게 또 옆에 있는 벽돌을 넘어뜨리게 돼. 결국에는 모든 벽돌이 무너지게 되겠지. 인간의 삶도 바로 그와 같은 거야. 아기 때 한 첫 번째 행동이 맨 처음 벽돌을 치면, 나머지 벽돌들은 멈출 수가 없어. 너도 나처럼 미래를 꿰뚫어 볼 수 있다면 인간이라는 족속에게 벌어질 모든 일을 볼 수 있을 텐데 말이지. 첫 번째 사건이 삶을 결정한 뒤에는 그 사람의 운명은 절대로 바뀌지 않아. 어떤 행동은 영락없이 특정한 행동을 야기하고, 그것은 또 다른 특정한 행동을 일으키지. 죽을 때까지 그런 과정이 계속 반복되는 거야. 사람의 시야는 그 과정이 진행되는 앞으로만 향하기 때문에 각 행동이 만들어내는 결과만 볼 수 있어. 요람에서 무덤까지 이런 사실은 변함이 없다고."

"사람의 운명도 하느님이 정하는 거야?"

"운명이 미리 정해지느냐고? 아니야. 운명은 환경과 상황에 따라 정해져. 인간의 첫 번째 행위가 두 번째 행동을 정하고 두 번째는 세 번째를…… 계속 그런 식이 이어지면서 미래가 결정돼. 그런데 말이야. 그렇게 정해진 행동 중 한 가지를 건너뛴다면 어떻게 될까? 예를 들어, 누가 봐도 아주 사소한 행동을 하지 않는 거야. 이를테면, 특정한 날, 특정한 시간, 분, 초에 우물가에 가야 하는 사람이 있어. 그런데 그는 그 시간에 우물가에 가지 않았다고 가정해 보자. 바로 그 순간 그 사람의 미래는 완전히 바뀌게 돼. 아기 때 첫 번째 행동으로 결정되었던 운명은 우물가에 가지 않은 뒤로, 무덤에 갈 때까지 완전히 바뀌는 것이지. 만일 정해진 때에 우물가에 갔다면, 그는 결국 자기 분야에서 최고가 되었을 거야. 하지만 우물가에 가는 행동을 빠트린 결과 형편없는 거지가 되고 결국에는 빈자의 무덤에 묻히게 돼."

"다른 예를 들어 볼게. 아메리카를 발견한 콜럼버스에게도 최초의 유아적 행동으로 정해진 행동의 사슬이 있었지. 그런데 소년 시절, 그중 아주 사소한 행동을 건너뛰었다고 해보자. 그랬다면 뒤에 예정된 삶은 완전히 바뀌게 돼. 그랬다면 콜럼버스는 사제가 되어 이탈리아의 한 마을에서 조용히 죽어갔을 거야. 아메리카 대륙은 그로부터 2세기 뒤에나 발견되었을 테고. 콜럼버스가 10억 개의 행동 사슬 중 단 하나라도 건너뛰었다면 그의 인생은 완전히 달라졌겠지. 나는 콜럼버스에게 잠재된 10억 개의 운명을 모두 조사해 보았어. 그랬더니 그중 하나가 아메리카 대륙 발견이었지. 너희는 너희의 모든 행위가 규모든 중요성이든 모두 똑같다고 생각하지 않지만, 그것은 사실이야. 가령, 파리를 죽이는 일이나 다른 일이나 운명에는 모두 똑같이 중요하다고."

"대륙을 정복하는 일이 파리를 죽이는 일과 같다고?"

"그래. 정해진 행동을 빠트리지 않으면 운명이 바뀌는 일은 없어. 어떤 일을 할지 말지 마음을 정하는 일도 행동의 사슬 가운데 하나야. 드디어 한 가지 행동을 정했다면, 그것 역시 전적으로 확실히 정해진 행동을 한 것이지. 인간은 자신의 행동 사슬을 절대 벗어나지 않아. 아니, 벗어날 수 없어. 어떤 마음의 결정을 내렸다면, 그 계획은 저절로 피할 수 없는 행동 사슬 속에 포함되기 때문이야. 아기 때의 첫 번째 행동으로 정해진 일은 정확한 순간에 머릿속에 떠오르고, 반드시 그 일을 하게 되어 있어."

이것은 너무나 비참한 이야기가 아닌가!

"인간은 인생의 포로야. 절대 풀려날 수 없다고."

내가 서글프게 말했다.

"그렇지 않아. 아기 때 정해진 결과를 인간의 힘으로는 절대 벗어날 수 없어. 하지만 나는 벗어나게 할 수 있지."

나는 솔깃하여 고개를 들었다.

"나는 너희 마을 사람 가운데 이미 많은 운명을 바꾸었어."

이 말에 나는 고마움을 표하려고 했지만, 내키지 않아 그만두었다.

"다른 사람의 운명도 바꿀 거야. 리사 브랜트라는 꼬마 알지?"

"그럼, 모두가 알지. 우리 엄마 말이 리사는 다른 아이들보다도 아주 예쁘고 사랑스럽대. 커서는 마을의 자랑이 되고 모두가 환호하는 우상이 될 거라고 하셨거든. 물론 지금도 그렇지만."

"내가 리사의 미래를 바꿀 거야."

"더 낫게 만들어줄 거야?"

내가 물었다.

"그래. 그리고 니콜라우스의 미래도 바꿀 거야."

이거야말로 정말 반가운 소리였다.

"니콜라우스 일은 부탁할 필요도 없겠지. 너는 분명 아낌없이 잘해줄 테니까."

"그럴 생각이야."

나는 니콜라우스의 위대한 미래를 그려보았다. 내 상상 속에서 그는 이미 유명한 장군이자 법관이 되어 있었다. 사탄은 내 반응을 기다리고 있었다. 나는 유치한 상상을 들킨 것 같아 조금 쑥스러웠다. 사탄의 비아냥을 예상했지만, 그런 일은 없었다. 그는 다시 본론을 이어갔다.

"니콜라우스에게 정해진 수명은 62년이야."

"그 정도면 훌륭하지!"

내가 말했다.

"리사는 36년으로 정해졌어. 하지만 내가 두 사람의 인생과 수명을 바꿀 거야. 니콜라우스는 지금으로부터 2분 15초 후에 잠에서 깨어나게 돼. 그리고 창문으로 비가 들이치는 것을 알아차릴 거야. 원래 그다음 정해진 행동은 몸을 엎드리고 다시 잠드는 것이지. 하지만 니콜라우스가 일어나서 창문을 닫도록 내가 그의 행동 사슬을 바꿀 거야. 그 사소한 변화가 그의 운명을 완전히 바꾸게 돼. 다음 날 아침, 원래 정해진 시간보다 2분 늦게 일어나는데, 그 뒤로는 기존의 행동 사슬과는 전혀 다른 일들이 벌어지지."

사탄은 손목시계를 들고 자리에 앉아 잠시 들여다보았다.

"니콜라우스가 일어나 창문을 닫았어. 이제 그의 인생은 바뀌었고 새로운 미래가 시작되었어. 곧 결과가 나타날 거야."

갑자기 소름이 돋으면서 무언가 묘한 느낌이 들었다.

"하지만 변화된 결과는 앞으로 열이틀 후에나 나타나게 돼. 하나만 말해준다면, 니콜라우스는 물에 빠지는 리사를 구해주려고 해. 수심이 얕아지는 아주 정확한 타이밍에 현장에 도착해서 쉽게 구조가 이루어질 예정이었어. 아주 오래전에 예정된 10시 4분에 도착한다면 말이야. 하지만 그는 몇 초 늦게 도착할 거야. 리사는 깊은 물속에 빠져 허둥댈 것이고 니콜라우스가 사력을 다해 보지만, 결국에는 둘 다 물에 빠져 익사할 거야."

"오, 사탄! 제발!"

나는 눈물을 펑펑 쏟으며 소리를 질렀다.

"제발 그들을 살려줘! 그런 일이 일어나지 않게 하면 되잖아. 니콜라우스를 잃을 수는 없어. 정말 사랑하는 친구란 말이야. 리사의 엄마도 너무 가엾잖아!"

나는 사탄에게 매달려 사정하고 또 사정했지만, 그는 눈 하나 깜짝하지 않았다. 사탄은 나를 자리에 앉히고 자기 설명을 잘 들어보라고 했다.

"나는 니콜라우스의 운명을 바꾸면서 리사의 운명도 바뀌게 했어. 그렇지 않고 만일 니콜라우스가 리사를 살리게 둔다면 니콜라우스는 물에 흠뻑 젖어 심한 감기에 걸리게 돼. 그 여파로 성홍열에 시달릴 거야. 인류의 가장 끔찍하고 기가 막힌 병이지. 그리고 46년 동안 나무토막처럼 마비되어 병상에 누워 있게 돼. 들리지도 않고 말하지도 못하고 보이지도 않아. 그러면 니콜라우스는 온종일 죽음이라는 행운이 찾아오기만을 기도할 거야. 어때, 그런 인생으로 바꿔줄까?"

"안 돼! 그것은 아니야! 그냥 자비와 도움을 받으며 살게 해줘."

"이게 최선이야. 이보다 나은 삶의 경로로 바꿀 수는 없어. 니콜라우스의 삶은 10억 개의 경우가 있는데 그중 가치 있는 인생은 단 하나도 없어. 모든 삶이 온통 불행과 재앙으로 가득하다는 말이야. 하지만 내가 개입한 덕분에 그는 열이틀 뒤 용감한 행동을 하게 되지. 6분

만에 끝나는 이 행동 하나로 46년간의 서글프고 고통스러운 인생은 모두 보상될 거야. 아까 내가 말했지! 한 시간의 행복을 가져다주는 행위는 때로 수십 년의 불행을 보상하거나 벌하는 행위가 될 수 있다고. 이것도 바로 그런 경우야."

꼬마 리사의 경우, 어떻게 짧은 인생이 그녀를 구원하는지 궁금했다. 이것도 사탄이 설명해주었다.

"리사는 물에 빠진 사고 이후 10년 동안 병마에 시달리다가 아주 서서히 회복돼. 그 뒤에는 19년 동안 타락의 길을 걷게 되고. 리사는 부끄러운 일을 하고, 패륜과 범죄를 일삼다가 결국 사형집행인의 손에서 죽음을 맞이하게 되지. 하지만 이제는 열이틀 뒤에 죽는 삶으로 바뀌었어. 물론 리사의 어머니는 딸을 살리려고 온갖 노력을 쏟아 붓겠지. 하지만 리사의 어머니보다 내가 잘한 거 아니야?"

"그래, 네가 나아. 잘한 일이야."

"피터 신부님 사건은 곧 해결될 거야. 피터 신부님은 의심할 수 없는 명백한 증거가 나타나서 무혐의로 풀려나게 돼."

"와! 어떻게 그럴 수 있지? 정말 그렇다고 보는 거야?"

"정말이야. 신부님은 명예도 되찾게 될 것이고 남은 삶은 행복할 거야."

"그렇겠지. 신부님이 명예를 되찾으면 행복해지는 것은 당연하지."

"명예가 회복되어서 행복해지는 것은 아니야. 사건이 해결되는 날 나는 피터 신부님의 인생을 바꿀 거야. 피터 신부님은 자신의 명예가 회복된 줄도 모를 거야."

대체 무슨 말을 하는 것인지…… 나는 어딘가 모르게 의심스러웠지만, 사탄은 더는 설명해주지 않았다. 이어서 나는 점성술사가 지금 어디에 있는지 궁금해졌다.

"달에 있어."

사탄이 쏜살같이 내뱉었다. 내게는 피식 웃는 소리로 들렸다.

"달에서도 가장 차가운 쪽에 있어. 하지만 자기가 어디 있는지 모를 거야. 물론 그곳을 좋아하지도 않지. 그러나 달을 연구하기에 그만한 최적의 장소가 어디 있겠니? 그런데 나는 지금 그가 필요해졌어. 당장 데려와서 다시 내 뜻대로 조종할 거야. 길고 잔인하고 역겨운 그의 삶도 내가 바꿀 예정이야. 점성술사한테 악감정이 있어서가 아니야. 오히려 자비를 베풀고 싶거든. 그래서 그를 화형에 처할 생각이야."

자비라니! 사탄의 개념은 이해할 수 없었다. 하지만 천사들은 그렇게 만들어졌고, 그런 자비를 최선으로 안다. 우리의 개념과는 다르다. 게다가 천사들에게 인간은 괴물일 뿐 아무 의미 없는 존재다. 점성술사를 그리 멀리 보냈다니 나로서는 정말 이해할 수 없는 일이었다. 자기에게 필요하다면 독일에라도 갖다 버렸을 사탄이었다.

"멀리라고?"

사탄이 말했다.

"나한테 먼 곳은 없어. 공간 자체가 존재하지 않아. 태양은 여기서 1억 마일 안 된 곳에 있고, 이곳에 빛이 도달하는 데는 8분이 걸려. 하지만 나는 아주 짧은 순간에 태양에 갈 수 있거든. 날아가든 어떻게 해서든 내가 태양에 가는 시간은 시계로 잴 수 없는 지극히 짧은 찰나야. 생각하는 순간 바로 도착하거든."

내가 손으로 가리키며 말했다.

"저기에 쌓인 빛을 유리잔에 담는 생각을 해봐."

사탄은 즉시 유리잔에 빛을 담아주었고 나는 그것을 마셨다.

"유리잔을 깨트려!"

사탄의 명령에 나는 그대로 했다.

"그게 바로 진짜 현실이야. 하지만 마을 사람들은 어땠지? 놋쇠공이 마법에 들린 줄 알고 연기처럼 사라질 거라고 생각했어. 무서워서 만지려고도 하지 않았잖아. 인간이란 참 특이한 족속이라니까! 자, 따라와. 할 일이 있어. 너는 이제 자야 해."

그러고 나서 사탄은 사라졌다. 얼마 후 한밤중에 빗소리를 뚫고 그의 목소리가 들려왔다.

"세피한테는 이야기해도 좋아. 하지만 다른 사람한테는 안 돼."

그것은 내 생각에 대한 사탄의 답변이었다.

8

잠은 오지 않았다. 중국처럼 큰 세상을 여행했다는 자부심이나 흥
분 때문이 아니었다. 자칭 '여행가'라며 남들을 깔보던 바텔 스펄링이
경멸스러워서도 아니었다. 스펄링은 에셀도르프에서는 유일하게 빈
을 여행하며 세상의 놀라운 일들을 목격한 아이였다. 다른 때 같았다
면 이런 일로 잠을 설칠 수도 있었겠지만, 그날은 아니었다. 나는 온
통 니콜라우스 생각뿐이었다. 내 마음 또한 오직 그를 향해서만 달려
갔다. 긴긴 여름날이면, 우리는 숲 속에서, 들판과 강가에서 함께 뒹
굴며 장난치기에 여념이 없었다. 겨울에는 학교 수업을 땡땡이쳐서
얼음을 지치고 썰매를 탔다. 니콜라우스는 이제 어린 시절을 끝으로
영영 떠나갈 것이다. 겨울이 가고 여름이 오고 있었고, 세피와 나는
예전처럼 여기저기를 돌아다니며 모험을 즐길 것이다. 그러나 니콜

라우스는 없을 것이다. 그를 계속 볼 방법은 없을까?

내일도 니콜라우스는 아무런 의심 없이 예전과 똑같은 하루를 살 것이다. 하지만 그가 깔깔대는 소리에도, 가볍게 까부는 행동에도 나는 소스라치게 놀랄지 모른다. 내게는 그가 산송장으로 보일 테니까. 핏기 없는 손과 흐리멍덩한 눈……, 그리고 얼굴 위에 덮인 수의(壽衣)가 보일지도 모른다. 그다음 날도, 그다음 다음 날도 그는 겨우 한 줌밖에 남지 않은 시간을 주저하지 않고 허무하게 낭비할 것이다. 그러는 동안 끔찍한 일이 조금씩 가까워질 것이고 그의 운명은 조금씩 닫힐 것이다. 세피와 나 외에는 아무도 그 사실을 모를 것이다. 고작 열이틀이라니……, 생각만 해도 소름이 돋았다. 놀랍게도 이런 생각을 하는 동안 나는 니콜라우스를 '닉'이나 '닉키' 같은 애칭 대신, 정식 이름으로 부르고 있었다. 고인을 경건하게 칭하는 관습을 따르고 있었던 것이다.

예전에 니콜라우스와 우정에 금이 갔던 사건들이 한꺼번에 떠올랐다. 대부분은 내가 잘못하거나 상처를 준 일이었다. 아무리 나를 꾸짖고 비난해도 후회를 막을 수는 없었다. 친구가 저승에 간 뒤에야 그에게 못되게 굴었던 일이 떠오르는 심정이 이와 같을까? 단 한 순간이라도 저승에 간 친구를 불러들여 무릎을 꿇고 고백하고 싶은 심정이었다. "나를 불쌍히 여기고 용서해주기 바란다."라고.

우리가 아홉 살 때였다. 니콜라우스는 2마일가량 떨어진 과일 장

133

수에게 장거리 심부름을 갔다가 엄청나게 큰 사과를 선물로 받았다. 흥분되고 행복한 마음에 들떠서 사과를 들고 집으로 달려가고 있었는데 도중에 나를 만났다. 나는 속일 생각은 없었지만, 사과를 구경하다가 빼앗고 달아나버렸다. 사과를 먹으며 도망치는 내 뒤로 애걸복걸하는 니콜라우스의 목소리가 들렸다. 결국 붙잡히자 나는 씨만 남은 사과를 건네주며 배꼽을 잡고 웃었다. 그런데 그때 니콜라우스가 돌아서서 울먹이며 말하는 것이었다. 자기 여동생에게 줄 사과였다고. 나는 순간 머리가 띵했다. 니콜라우스의 여동생은 오래도록 병상에 누워 있었는데, 그녀가 오빠에게 커다란 사과를 깜짝 선물로 받는다면 어땠을까? 정말 기뻐서 오빠를 얼싸안았을 것이다. 오빠인 니콜라우스도 매우 뿌듯했을 것이다. 하지만 나는 부끄럽다는 말조차 차마 부끄러워서 하지 못했다. 반대로 전혀 개의치 않는다는 듯 비열하게 심한 말을 몇 마디 던졌다. 니콜라우스는 표현은 안 했지만, 상처받아 일그러진 표정으로 돌아갔다. 그 후 수년간 나는 밤마다 그 장면이 떠올라 죄책감에 시달렸다. 너무나 부끄러워서 어디론가 숨어버리고 싶었다. 하지만 그 기억은 조금씩 희미해지다가 완전히 사라져버렸다. 그런데 이제 다시 그 기억이 떠올랐다. 그것도 너무나 선명하게.

우리가 열한 살 때 학교에서 있었던 일이다. 내가 그만 잉크병을 엎질러서 책을 네 페이지나 망가뜨린 일이 있었다. 심한 벌을 받을 만한 잘못이었다. 하지만 나는 그때 니콜라우스에게 책임을 떠넘겨 그가 매를 맞게 했다.

바로 지난해에도 니콜라우스를 속인 일이 있었다. 내 커다란 낚싯 바늘 한 개와 니콜라우스의 작은 낚싯바늘 세 개를 속이고 맞바꾼 것 이다. 내 것은 귀퉁이가 약간 부러진 바늘이었으나, 나는 말하지 않았 다. 니콜라우스는 첫 번째 물고기를 잡은 뒤에야 낚싯바늘이 부러진 것을 알았지만, 그게 내 탓인 줄은 몰랐다. 나는 양심에 찔려 작은 낚 싯바늘을 하나 건넸다. 하지만 니콜라우스는 받지 않았다.

"거래는 거래야. 낚싯바늘은 죄가 없어. 네 잘못이 아니야."

나는 잠을 이룰 수가 없었다. 서툴고 초라한 과거가 나를 호되게 꾸짖으며 몹시 괴롭혔다. 살아있는 자에게 느끼는 죄책감보다 훨씬 더 아프고 모질었다. 니콜라우스는 아직 살아 있었지만, 내게는 이미 죽은 거나 매한가지였으니까……. 바람은 여전히 처마 부근에서 구 슬피 울었고, 비도 여전히 유리창을 때리고 있었다.

다음 날 아침, 나는 강가에서 세피를 만나 모든 사실을 이야기해 주었다. 세피는 입술을 움찔했을 뿐, 아무 말도 하지 못했다. 황망한 얼굴이 새하얗게 질려 있었다. 세피는 잠시 그렇게 서 있다가 주르륵 눈물을 쏟으며 돌아섰다. 나는 세피의 팔짱을 끼고 그와 함께 생각에 잠긴 채 묵묵히 걸어갔다. 다리를 건너 풀밭을 쏘다니다가 언덕 꼭대 기 숲에 올랐다. 어느새 우리는 이야기를 나누고 있었다. 니콜라우스

와 함께했던 추억이 술술 흘러나왔다. 세피는 이따금 혼자 중얼거리
는 듯 이렇게 말했다.

"열이틀이라고! 아니, 열이틀도 안 남았어."

우리는 앞으로 니콜라우스와 온종일 붙어 다니기로 했다. 가능한
한 모든 것을 공유하려면 하루하루가 소중했다. 하지만 그를 찾으러
가자니, 선뜻 내키지가 않았다. 죽은 사람을 만나는 것 같아서 두려웠
다. 말은 안 했지만 우리는 그렇게 느꼈다. 그런데 모퉁이를 돌자마자
니콜라우스와 딱 마주쳤다. 세피도 나도 얼마나 심장이 철렁했던지!
니콜라우스는 신바람이라도 난 듯 소리쳤다.

"안녕! 안녕! 무슨 일이야? 귀신이라도 봤어?"

세피와 나는 아무 말도 할 수 없었다. 하지만 굳이 할 말을 찾을
필요는 없었다. 니콜라우스가 방금 사탄을 만나서 기분이 아주 좋다
는 말을 하려던 참이었다. 사탄이 나와 함께 중국을 여행한 이야기를
들려준 모양이었다. 니콜라우스는 자기도 여행에 데려가 달라고 졸
랐고, 사탄은 그러겠다고 약속했다. 멀고도 놀라운, 아름다운 여행이
될 거라며 니콜라우스는 벌써부터 흥분에 들떠있었다. 우리 삼총사
모두 데려가 달라고 조르자, 사탄은 언젠가는 그럴 수도 있겠지만, 지
금은 아니라면서 거절했다. 사탄은 열사흘 뒤에 오겠다는 약속과 함
께 사라졌다. 니콜라우스는 벌써 날짜를 헤아리며 그날이 빨리 오기
를 초조히 기다리고 있었다.

열사흘 뒤는 운명의 날이었다. 세피와 나 역시 그날을 헤아리고 있었다.

우리 삼총사는 어렸을 때부터 유난히 좋아했던 길들을 따라 오래도록 쏘다녔다. 지난 일들을 추억하며 시간을 보냈다. 그러고 보니 즐거웠던 순간에는 항상 니콜라우스가 있었다. 세피와 나는 침통한 마음을 떨쳐버릴 수가 없었다. 니콜라우스에게 말할 때는 이상하리만치 부드럽고 사랑스러운 말투가 튀어나왔다. 게다가 뭔지 모를 간절함이 가득했다. 니콜라우스는 영문도 모른 채 좋아했다. 세피와 나는 니콜라우스에게 연신 공손한 태도로 대했다. "잠깐만, 너를 위해 이렇게 할게."라는 표현도 서슴지 않았다. 그러자 니콜라우스는 마음에 쏙 든 눈치였다.

나는 니콜라우스에게 내가 가진 낚싯바늘 일곱 개를 전부 주었다. 세피는 새 칼과 팽이를 주었다. 꼭대기에 빨강과 노랑이 알록달록 칠해진 예쁜 팽이였다. 나중에 안 사실이지만, 예전에 니콜라우스를 속인 것을 속죄하며 준 것이라 했다. 니콜라우스는 이미 오래전에 그 사실을 잊어버린 것 같았지만 말이다. 니콜라우스는 우리가 자신을 그토록 사랑하는지 몰랐다며 감격에 겨워했다. 뿌듯하고 감사한 마음에 어쩔 줄 몰라 했다. 우리는 가슴이 몹시 아렸다. 세피와 나는 니콜라우스에게 감사받을 자격이 없는 사람이었기 때문이다. 우리가 헤어질 때, 니콜라우스는 아주 행복한 날이었다고 고백했다. 그의 얼굴이 무척이나 환했다.

집으로 돌아오는 동안 세피가 말했다.

"니콜라우스는 우리한테 언제나 소중한 친구였어. 하지만 그를 잃어버리게 된 지금만큼 소중했을까?"

다음 날도 그다음 날도 우리는 매일 니콜라우스와 함께 시간을 보냈다. 심지어는 다른 일까지 빼먹으면서 함께 있는 시간을 벌었다. 그 덕에 심한 꾸지람도 들었고, 벌을 주겠다는 위협도 감수해야 했지만 개의치 않았다. 세피와 나는 매일 아침 진저리를 치며 잠에서 깨어났다. 그리고 하루하루 지날수록, "열흘밖에 안 남았어." "아흐레 남았어." "겨우 여드레 남았어." "겨우 일주일."이라며 손가락을 꼽았다. 남은 날이 점점 줄어들고 있었다. 니콜라우스는 자기는 매일 즐겁고 행복한데, 우리는 그렇지 않아서 난처해했다. 그래서 우리에게 기운을 북돋워 주려고 머리를 짜냈다. 온갖 노력을 다 해봤지만, 반응이 신통치 않았다. 우리의 영혼 없는 쾌활함과 억지웃음은 금방 들통이 났고, 그마저도 오래가지 않았다. 시도 때도 없이 한숨이 새어 나왔다. 니콜라우스는 우리에게 고민이 있다면 도와주겠고, 우리의 짐을 나눠 들겠다고 했다. 그리하여 어쩔 수 없이 한 거짓말이 눈덩이처럼 불어났다.

그중에서도 가장 견디기 힘든 일은 니콜라우스가 열사흘째 되는 날에 자꾸만 새로운 계획을 세운 것이었다. 그때마다 나와 세피는 마음속으로 울었다. 니콜라우스는 우리가 우울감에서 벗어나 활기를 되찾기를 기대하며 여간 노력을 기울인 것이 아니었다. 드디어 니콜라우스가 살 날이 사흘 남은 때였다. 그는 우리의 기분을 풀어줄 기가 막힌 아이디어를 생각해냈다며 스스로 만족스러워했다. 우리가 사탄을 처음 만났던 숲 속에서 여자아이들도 초대해 댄스파티를 열자는 의견이었다. 그날은 열나흘째 되는 날이었다. 우리는 갑자기 소름이 끼쳤다. 어쩌면 그날은 니콜라우스의 장례식이 될지도 몰랐다. 그렇다고 그 의견에 반대할 수는 없었다. "대체 왜?"라는 질문을 한 것이 전부였다. 우리는 니콜라우스가 파티에 손님들을 초대하는 것을 돕기로 했다. 죽음을 앞둔 친구의 부탁을 누가 감히 거절할 수 있겠는가? 끔찍한 일이지만, 그 초대는 실상 니콜라우스의 장례식을 위한 것이었다.

지독했던 열하루가 지났다. 열하루 전부터의 삶을 돌이켜보면, 그래도 하루하루가 감사하고 아름다웠다. 성스러운 죽음의 행렬에 동행한 날들이라고나 할까……. 그렇게 니콜라우스 가까이 붙어서 소중한 우정을 나눈 적은 내 기억에 없었다. 나와 세피는 흘러가는 시간과 분초를 붙잡으려고 안간힘을 썼다. 주어진 모든 시간을 애도하면서 찔끔찔끔 흘려보냈다. 자기 돈이 털리는 것을 보면서도 어쩔 수 없는 구두쇠의 심정이 이와 같을지 모른다. 날마다 자기 재산을 한 푼 두 푼 슬쩍하는 도둑을 막을 수 없는 무기력한 심정 말이다.

드디어 마지막 날 저녁, 우리 삼총사는 늦은 시각까지 밖에 있었다. 니콜라우스를 떠나보낼 수 없었던 세피와 나 때문에 귀가가 더욱 늦어졌다. 꽤 늦은 시간에 우리는 니콜라우스의 집 앞에서 헤어졌다. 하지만 세피와 나는 쉽사리 발길을 돌릴 수가 없었다. 안에서 무슨 소리가 나는지 들어보려고 잠시 꾸물거렸다. 결국, 우려했던 일이 벌어졌다. 니콜라우스의 아버지가 매를 든 것이다. 니콜라우스의 비명이 들렸고, 우리는 잠시 후 서둘러 사라졌다. 깊은 후회가 밀려왔다. 니콜라우스가 매를 맞도록 원인을 제공한 장본인이 바로 우리였기 때문이다. 니콜라우스의 아버지에게도 죄송한 것은 마찬가지였다.

"아버지께서 사정을 아셨다면 그러지 않았을 텐데!"

다음 날 아침 니콜라우스는 약속 장소에 나타나지 않았다. 나와 세피가 집에 찾아가 보았다. 니콜라우스의 어머니가 사정을 설명해 주셨다.

"남편은 최근의 여러 일로 몹시 화가 나 있었어. 이번만큼은 봐주지 않겠다고 하셨지. 어제도 닉이 필요해서 한참을 찾아 헤맸는데 찾을 수가 없었거든. 알고 보니, 너희랑 놀러 나간 거였어. 그래서 어젯밤, 아버지가 매를 든 거야. 전에는 나도 닉이 매 맞는 것이 속상해서 여러 번 남편한테 사정하고 매달렸어. 하지만 이번에는 닉이 나한테 아무리 매달려도 모른 체했어. 나 역시 참을 수 없이 화가 났거든."

"이번 한 번만 어머님이 닉을 봐주셨으면 좋겠어요."

내 목소리가 조금 떨렸다.

"나중에 이 일이 힘든 기억이 되면 안 되잖아요."

그때 다림질을 하고 있던 니콜라우스의 어머니가 내게로 살짝 몸을 돌렸다. 놀라운 기색이 역력한 얼굴로 물었다.

"그게 무슨 뜻이니?"

뜻밖의 질문에 나는 뭐라 대답해야 할지 몰라 우물쭈물했다. 그녀가 계속 나를 뚫어지라 보고 있어서 난처해하고 있었는데, 세피가 재빠르게 해결해주었다.

"뭘요! 당연히 좋은 기억이 될 거예요. 어제 우리가 많이 늦었던 이유는요. 니콜라우스가 어머니 자랑을 늘어놓느라 시간 가는 줄 몰랐기 때문이에요. 어머니가 옆에 있을 때 한 번도 매를 맞지 않았다고 얼마나 자랑하던지…… 닉은 그 이야기에 완전히 몰입해 있었고, 우리도 듣는 재미에 푹 빠져 있었죠. 그래서 시간이 그렇게 늦은 줄 아무도 몰랐던 거예요."

"닉이 그렇게 얘기했니? 정말?"

어머니가 앞치마로 눈물을 훔쳤다.

"테오도르한테 물어보세요. 정말 그랬어요."

"착하고 사랑스러운 내 아들. 닉이 매 맞게 내버려두다니 정말 미안하구나. 다시는 그리하지 않으마. 어젯밤 나는 여기 앉아 속이 상해서 닉한테 막 화를 냈는데, 녀석은 그런 나를 사랑하고 칭찬했다니! 진작 알았다면 누가 그런 실수를 하겠니? 그러고 보니, 인간이 말 못하는 짐승과 다를 것이 없구나. 앞뒤 분간 못 하고 더듬대다가 일을 그르치니 말이야. 앞으로 어젯밤 일을 생각하면 가슴이 아플 것 같구나."

니콜라우스의 어머니뿐만 아니라 우리도 마찬가지였다. 그 무렵 우리는 너무나 참담하여 누가 무슨 말을 걸기만 해도 심장이 떨렸다. 사람은 '앞뒤 분간 못 하고 더듬대기'만 할 뿐 진실은 알지 못하는 존재이기 때문이다. 더 비참한 사실은, 아주 우연히 진실을 말한다는 것이다.

세피는 니콜라우스가 우리와 함께 밖에 나가도 좋은지 물었다.

"미안하지만 그럴 수 없단다. 오늘 하루 외출 금지령이 내려졌거든."

우리는 갑자기 커다란 희망이 샘솟는 것 같았다. 세피의 눈이 희망으로 반짝였다. '집에서 꼼짝 않고 있으면 물에 빠질 일도 없겠지' 라고 생각했다.

세피가 다시 한 번 물었다.

"온종일이에요? 아니면 아침만이에요?"

"온종일이란다. 정말 딱한 일이지. 오늘 날씨가 얼마나 좋은 데……, 게다가 닉은 방구석에 틀어박혀 있는 게 익숙한 아이가 아니거든. 하지만 파티 계획을 짜느라 바쁘니까 아마도 그 일을 벗 삼아

보내고 있겠지. 나도 닉이 너무 외롭지 않았으면 한단다."

세피는 어머니의 눈빛에서 용기를 얻어 물어보았다. 안으로 들어가 니콜라우스를 도우며 함께 있어도 되는지.

"환영이야!"

어머니의 대답은 진심이었다.

"너희 우정은 진짜로구나. 숲과 들이 아닌들 어떠니? 어디든 함께 있으면 행복한 것이 진짜 우정이지. 너희는 착한 아이들이니 허락하마. 같이 궁리한다고 해서 반드시 좋은 아이디어가 나오라는 법은 없지만, 아무렴 어때. 자, 여기 케이크 가져가서 내 아들과 함께 먹으려무나."

니콜라우스의 방에 들어서자마자 우리는 일제히 시계로 눈을 돌렸다. 15분 전 10시였다. 이럴 수는 없다! 앞으로 살 시간이 겨우 몇 분뿐이라니! 심장이 오그라드는 것 같았다. 니콜라우스는 벌떡 일어나 우리를 반겼다. 얼굴이 아주 밝았다. 파티 계획을 짜느라 외로울 틈이 없었다고 했다.

"자, 앉아. 내가 한 것 좀 볼래? 방금 연을 만들었는데 분명 예쁘다고 할 거야. 지금 부엌에서 말리고 있는데 가져 올게."

니콜라우스는 푼푼이 모아둔 저축을 깨서 온갖 기발한 잡동사니를 사는 데 썼다. 게임에서 줄 상들이었다. 현란하게 생긴 잡다한 물건들이 탁자 위에 아무렇게나 나동그라져 있었다.

"내가 엄마한테 다녀오는 동안 이것들 좀 살펴보고 있어. 연이 덜 말랐으면 다리미로 좀 다려달라고 할 거야."

니콜라우스는 방을 나가 아래층으로 후다닥 내려갔다. 휘파람 소리가 들렸다.

우리는 탁자 위에 놓인 잡동사니들을 거들떠보지도 않았다. 우리의 관심은 오직 시계뿐이었다. 우리는 자리에 앉아 말없이 시계를 응시했고, 째깍거리는 초침 소리에 촉각을 곤두세웠다. 분침이 이동할 때마다 고개를 까딱거렸다. 단 몇 초라도 삶을 향한, 아니 죽음을 향한 경주에 보태고 싶었다. 세피가 깊은 한숨을 몰아쉬며 말문을 열었다.

144

"10시 2분 전이야. 7분 후면 죽음의 문턱을 넘을 거야. 테오도르, 닉을 살려야 해! 닉은……."

"쉿! 나도 피가 마른단 말이야. 시계 보면서 잠자코 있어."

5분이 더 지났다. 긴장과 흥분으로 숨을 쉴 수가 없었다. 3분이 더 흘렀고, 그때 계단을 오르는 발걸음 소리가 들렸다.

"와! 살았어!"

우리는 벌떡 일어나 방문으로 시선을 돌렸다.

닉의 어머니가 연을 들고 들어왔다.

"연 예쁘지 않니?"

어머니가 물었다.

"세상에나! 이것을 만드느라 닉이 얼마나 공을 들였는지! 눈을 뜨자마자 만들기 시작해서 너희가 오기 직전에 완성한 거야."

"그림도 닉이 직접 그렸는데 아주 잘 그린 것 같아. 솔직히 저 교회는 별로이지 않니? 저 다리 좀 봐봐. 얼른 봐서는 아무도 다리인 줄 모르겠어. 닉이 나한테 이걸 가지고 올라가라고 했거든……. 아이고 저런! 10시 7분이네. 나는 그럼……."

"근데 닉은 어디 있어요?"

"닉? 금방 올 거야. 조금 전에 밖에 나갔어."

"밖에 나갔다고요?"

"그렇단다. 아까 아래층으로 내려왔을 때 리사의 어머니가 와 계셨거든. 리사가 어디론가 사라져 보이지 않는다면서 몹시 불안해하셨지. 그래서 내가 닉한테 말했어. 아버지 명령은 신경 쓰지 말고 나가서 리사를 찾아보라고……. 저런! 너희 얼굴이 너무 창백하구나! 어디 탈이 난 것 같은데. 자 여기 앉아 있어라. 가서 뭐 좀 가져올게. 아마도 케이크가 맞지 않았나 보구나. 아무래도 가벼운 음식은 아니지. 내 생각에는……."

니콜라우스의 어머니는 하던 말을 끝마치지 않고 사라졌다. 우리는 당장 뒤쪽 창문으로 달려가 강 쪽을 내려다보았다. 다리 끝에 사람들이 구름 떼처럼 모여 있었고, 계속해서 사람들이 몰려들고 있었다.

"아! 다 끝났어. 불쌍한 니콜라우스! 제기랄! 니콜라우스를 집 밖으로 나가게 하다니!"

"그만 가자! 빨리! 니콜라우스의 어머니를 어떻게 보겠니? 5분 후면 다 아실 텐데."

세피가 흐느끼며 말했다.

하지만 우리는 집을 빠져나가지 못했다. 음료수 잔을 들고 계단을 올라오던 어머니를 마주친 것이다. 우리는 다시 방 안으로 들어가 자리에 앉아 과일 주스를 마셨다. 어머니는 약 효과를 기대하며 우리를 지켜보았지만 만족하지 못했다. 우리더러 좀 더 앉아 있으라고 하면서 몸에 해로운 케이크를 준 자기가 잘못이라며 자책했다.

우리가 우려했던 일이 기어코 벌어지고 말았다. 밖에서 둔탁한 구둣발 소리와 삐걱거리는 소리가 났다. 이윽고 사람들이 우르르 몰려들어 침통한 얼굴로 모자를 벗은 다음 익사한 두 시신을 바닥에 눕혔다.

"오, 맙소사!"

니콜라우스의 어머니가 비명을 지르며 풀썩 주저앉았다. 그리고 두 손으로 죽은 아들을 안고 젖은 얼굴에 미친 듯이 입을 맞추었다.

"오! 내가 아들을 내보냈어. 내가 아들을 죽인 거야. 남편 말을 듣고 집에서 나가지 못하게 했다면 이런 일은 벌어지지 않았어. 벌은 내가 받아야 해. 어젯밤에도 나는 비정한 엄마였는데. 친엄마한테 제

146

발 자기편이 되어달라고 빌게 했으니!"

어머니는 쉬지 않고 오열했다. 다른 여자들도 모두 울며 그녀를 불쌍히 바라보았다. 진정시키려고 달래보았지만, 소용이 없었다. 니콜라우스의 어머니는 자신을 용서하지 않았고 진정할 기미도 보이지 않았다. 아들을 밖에 내보내지 않았다면 지금 잘 살아있을 것이며, 자기가 아들을 죽게 한 장본인이라는 말만 되풀이했다.

인간이란 얼마나 어리석은 존재인가! 이미 저질러진 일을 비난한다고 해서 무엇이 달라지겠는가! 사탄은 말했다. 최초로 한 행동 때문에 정해진 행동의 사슬 외에는 아무 일도 발생하지 않는다고. 아무리 몸부림을 쳐도 자신에게 정해진 운명을 바꾸거나 운명의 고리를 끊을 수 없다고.

얼마 안 있어 끔찍한 비명이 들렸다. 리사의 어머니 프라우 브랜트가 군중들 사이로 미친 듯이 달려왔다. 옷은 엉망이었고, 머리도 마구 흐트러져 있었다. 브랜트 부인은 딸의 시신에 몸을 던지며 울부짖었다. 온몸 구석구석 미친 듯이 입을 맞추며 연신 사랑한다는 말을 내뱉었다. 잠시 후 부인은 모든 감정을 쏟아내어 거의 탈진한 것처럼 보였다. 그 상태로 자리에서 일어나 주먹을 움켜쥐고 하늘을 향해 치켜 올렸다. 눈물로 범벅된 얼굴이 점점 험하게 굳어졌다. 원망이 가득한 얼굴이었다. 드디어 부인이 입을 열었다.

"지난 2주 동안 나는 이상한 꿈을 꾸었답니다. 나한테 가장 소중

한 존재가 파멸될 거라는 불길한 예감이 들었지요. 그래서 나는 밤낮으로 머리가 땅에 닿도록 굽신거리며 그분께 빌었어요. 죄 없는 내 딸을 가엾게 여겨주시고 해를 입지 않도록 도와주시라고. 이것이 그분의 응답입니까?"

저런! 그분은 리사가 해를 입지 않도록 구해주신 것이 맞았다. 하지만 리사의 어머니는 이를 알 리 없었다.

리사의 어머니는 두 눈과 뺨에 흐르는 눈물을 닦으며 바닥에 누워 있는 딸을 지긋이 바라보았다. 그리고 딸의 얼굴과 머리를 부드럽게 매만져주었다. 부인은 한층 격앙된 어조로 말했다.

"이리도 무정한 분인 줄 몰랐습니다! 자비심이라고는 눈곱만큼도 없군요. 나는 앞으로 절대 기도하지 않겠습니다."

리사의 어머니는 죽은 딸을 가슴에 끌어안고 성큼성큼 걸어갔다. 군중들은 그녀가 지나가도록 뒤로 물러서며 길을 내주었다. 하지만 방금 들은 무시무시한 말에 충격을 받아 모두 말문이 막혔다. 정말 딱한 일이 아닌가! 사탄이 한 말이 틀리지 않았다. 우리는 선과 악을 구분하지 못할뿐더러, 항상 선악을 반대로 착각하는 실수를 범한다. 그 후 아픈 사람을 살려달라고 기도하는 사람들을 많이 보았지만, 나는 한 번도 그런 기도를 하지 않았다.

다음 날 두 사람의 장례식이 마을의 작은 교회에서 공동으로 치러졌다. 마게트의 파티에 참가했던 사람들을 비롯해 모든 마을 사람이 장례식에 참석했다. 사탄도 그 자리에 있었다. 이 장례식을 있게 한 장본인이 사탄이었으니 참석하는 것이 예의라고 나는 생각했다. 니콜라우스는 속죄 의식 없이 이생을 떠났으므로 그를 연옥에서 꺼내오려면 돈이 필요하다고 하여 헌금을 걷었다. 하지만 필요한 돈 가운데 3분의 2만 걷혀서 부모들이 돈을 빌리러 돌아다녀야 했다. 모자란 돈은 사탄이 주었다. 사탄이 조용히 우리에게만 말해주었는데, 연옥은 없고, 다만 니콜라우스의 부모와 친지들이 걱정하고 슬퍼할까 봐 돈을 대주었다는 것이다. 우리는 사탄에게 고맙다고 인사했다. 그러나 사탄은 자기에게 돈은 아무 가치가 없으므로 상관없다고 말했다.

149

묘지에서 리사의 시신은 어떤 목수에게 압류되었다. 지난해 리사의 어머니가 50그로셴에 해당하는 작업을 빠트린 대가로 가져간 것이다. 리사의 어머니는 돈을 갚을 능력이 없었다. 목수는 리사의 시신을 집에 가져가 나흘 동안 지하실에 내버려두었다. 리사의 어머니가 그의 집에 찾아가 밤낮으로 울면서 애원하자, 목수는 자기 형의 소 방목장에 시신을 매장해버렸다. 종교의식은 물론 하지 않았다. 이에 리사의 어머니는 비통함과 수치심에 휩싸여 완전히 이성을 잃고 말았다. 그녀는 하던 일을 그만두고 날마다 동네를 돌아다니며 목수를 저주하고 황제의 법과 교회를 향해 불경스러운 말을 내뱉었다. 너무나 안쓰러워서 차마 볼 수가 없었다. 세피는 사탄에게 어떻게 좀 해보라고 부탁했지만 그는 거절했다. 이유는 목수나 그 외 사람들이 인간이라는 종족으로서 문제 될 행동을 조금도 하지 않았다는 거였다. 만일 말(馬)이 그렇게 행동한다면, 이 일에 개입하겠다고 했다. 그러면서 우리더러 만에 하나 그런 말을 발견한다면 알려주라고 당부했다. 당연히 그런 말은 없다. 사탄이 우리를 조롱한 것이다.

하지만 며칠 후 우리는 고통에 몸부림치는 부인을 도저히 눈 뜨고 볼 수가 없었다. 그리하여 사탄에게 부인의 운명을 바꿀 여지가 있는지 살펴봐 달라고 애걸복걸했다. 기왕이면 좀 더 나은 삶을 살기를 바랐다. 사탄이 말하길, 지금 그녀는 가장 긴 인생 경로를 지나고 있는데, 이대로라면 앞으로 42년이 남았고, 가장 짧은 인생은 29년이 남았다고 했다. 하지만 두 인생 모두 슬픔과 배고픔과 추위와 아픔으로 가득하다는 것이다. 결국에는 사탄이 도와줄 방법은 하나밖에 없는데, 지금으로부터 약 3분 후 부인에게 정해진 일을 빼먹게 하는 것이었다. 그리해도 되는지 사탄이 물었다. 중요한 결정을 내리기에는 남은 시간이 너무나 촉박했다. 우리는 몹시 초조하여 안절부절못했다. 가까스로 냉정함을 되찾고 좀 더 자세한 사항을 물어보려는데, 사탄이 이제 몇 초밖에 남지 않았다고 알려주었다. 우리는 숨넘어가는 소리로 일제히 외쳤다.

"좋아! 그렇게 해!"

"그렇게 했어. 이제 리사의 어머니는 골목을 돌아서 갈 거야. 내가 돌려보낸 것이지. 이로써 그녀의 운명은 바뀌게 돼."

사탄이 말했다.

"그럼 앞으로 어떻게 되는데?"

"이제 곧 일이 벌어질 거야. 리사의 어머니는 방직공 피셔와 말다툼을 하게 돼. 이때 피셔는 머리끝까지 화가 나서 생전 안 하던 짓을 할 거야. 리사의 어머니가 죽은 아이를 지켜보다가 신을 모독하는 발언을 할 때 피셔도 그 자리에 있었거든."

"피셔가 어떻게 하는데?"

"신성모독 죄를 폭로할 거야. 그래서 사흘 뒤 그녀는 화형대로 가게 되지."

151

우리는 아무 말도 할 수 없었다. 온몸에 소름이 돋으며 그대로 얼어붙을 것 같았다. 우리가 간섭하지 않았다면 리사의 어머니는 이런 끔찍한 운명을 겪지 않았을 것이다. 이런 생각을 읽은 사탄이 말했다.

"너희 생각은 지극히 인간적이야. 한마디로 바보 같은 생각이지. 부인한테는 더없이 잘된 일이잖아. 적절할 때 죽어서 하늘나라에 가게 되었으니까. 지금 죽으면 하늘나라에서 29년을 더 살 것이고, 이 불운한 곳을 29년 일찍 떠나게 되는 거란 말이야."

잠시 후 우리는 쓸쓸한 심정으로 마음을 다잡았다. 앞으로는 사탄에게 친구들의 일을 절대 부탁하지 않겠다고 다짐했다. 사탄은 누군가에게 호의를 베푸는 방법이 그를 죽이는 것밖에는 없다고 생각하는 것 같았다. 어쨌거나 상황은 이제 되돌릴 수 없게 되었다. 우리가 저지른 일을 기분 좋게 받아들이고 잘된 일이라 생각하며 스스로 다독이는 수밖에는.

그런데 나는 피셔 일이 걱정되었다. 약간 우물쭈물하다가 물어보았다.

"혹시 이 일로 피셔의 인생도 바뀌니?"

"바뀌느냐고? 그럼, 당연하지. 완전히 달라져. 조금 전 프라우 브랜트를 만나지 않았더라면 그는 내년에 서른네 살이라는 젊은 나이로 죽게 되었을 거야. 그런데 지금은 아흔 살까지 살 운명으로 바뀌었지. 꽤 부유하고 평안한 인생이 될 거야. 그렇다고 별다를 것은 없지만."

우리는 피셔를 위해 좋은 일을 했다고 생각하니 정말 기분이 좋고 뿌듯했다. 사탄도 공감해주기를 기대하며 눈치를 살폈지만, 공감하는 시늉조차 보이지 않았다. 어딘가 모르게 께름칙했다. 사탄이 무언가 말해주기를 기다렸으나 한동안 말이 없었다. 가슴이 까맣게 타들어 갈 것 같아서 할 수 없이 우리가 물어보았다. 혹시 피셔의 행운에 무슨 함정이라도 있느냐고. 사탄은 잠시 생각하다가 머뭇거렸다.

"음, 사실은 말이야. 좀 미묘한 이야기인데……. 과거의 인생 경로는 마지막 종착지가 천국이었어."

우리는 경악했다.

"오, 사탄! 그럼 이번 경로에서는……."

"자, 그만. 그렇게 실망할 일이 아니야. 너희는 진심으로 피셔를 걱정해주었어. 그것이 위로가 될 거야."

"오! 말도 안 돼. 그것은 위로가 안 된다고. 너는 우리가 무슨 선택을 하는지 설명했어야 했어. 알았다면 그런 선택은 하지 않았다고!"

하지만 이 말은 사탄에게 먹혀들어가지 않았다. 사탄은 아픔이나 슬픔을 느껴본 적이 없었고, 제대로 이해하지도 못했다. 지식으로만 알고 있었다. 지식으로 아는 감정이 무슨 소용이 있겠는가? 아픔이나 슬픔 같은 감정은 허술한 개념으로 파악할 수 있는 것이 아니다. 오직 경험으로만 알 수 있는 것이다.

우리는 사탄에게 이번 사태가 얼마나 끔찍한 일인지, 우리가 이 일로 얼마나 곤란해졌는지 최선을 다해 설명했다. 하지만 사탄은 무슨 말인지 전혀 모르겠다는 표정이었다. 피셔가 어디로 가는지 자기에게는 중요한 문제가 아니라고 했다. 천국에는 '아주 많은 사람'이 있으므로 피셔가 없어도 전혀 아쉬울 것이 없다고 말했다. 우리는 사탄이 핵심을 완전히 놓치고 있다고 열심히 설명했다. 지금 우리에게 중요한 사람은 다른 사람이 아닌 피셔라고 강조했다. 하지만 아무 소용이 없었다. 사탄은 자기가 피셔를 보살펴야 할 이유가 없고, 자기에게는 더 많은 피셔가 있다고 대답했다.

그 순간 피셔는 다른 길을 지나고 있었다. 우리가 그를 마주칠 가능성은 점점 적어졌다. 우리는 속이 메스꺼워서 토할 것만 같았다. 우리 때문에 피셔에게 불길한 운명이 드리워졌다고 생각하니 도저히 견딜 수가 없었다. 자신에게 일어난 변화를 이처럼 조금도 눈치채지 못할 수 있을까? 초롱초롱한 눈망울로 힘차게 걸어가는 피셔를 상상할 수 있겠는가? 불쌍한 브랜트 부인에게 매정한 짓을 하면서도 그는 아주 당당했다. 피셔는 어깨 뒤로 흘끗흘끗 곁눈질하며 무언가를 기다리고 있었다. 얼마 안 있어, 쩔그렁거리는 쇠사슬로 칭칭 동여맨 브랜트 부인이 경관들의 손에 이끌려 뒤따라왔다. 그녀의 뒤로 군중들이 따라왔다. "불경스러운 이단자!"라는 야유가 곳곳에서 터져 나왔다. 그중에는 행복했던 시절의 이웃과 친구들도 있었다. 주먹을 뻗어 그녀를 한 대 치려는 사람도 더러 있었지만, 경관들은 대수롭지 않게 여기고 막지 않았다.

"오, 사탄! 저들을 좀 막아봐!"

이 말을 하고 나서야 나는 잠시 잊고 있었던 사실이 떠올랐다. 사탄이 사람들의 행동을 중단할 때마다 그들의 운명도 완전히 바뀐다는 사실을. 사탄은 사람들을 향해 훅 숨을 내뿜었다. 그러자 그들은 몸을 휘청거렸고, 뻗었던 손들이 허공을 갈랐다. 그리고 외마디 비명을 지르며 뿔뿔이 흩어져 도망갔다. 도망치는 모습을 보니 아픔을 견디지 못하는 것 같았다. 알고 보니, 사탄이 뿜어낸 숨으로 갈비뼈가 하나씩 으스러진 것이었다. 그들의 운명이 달라졌는지 궁금했다.

"그럼. 완전히 달라졌지. 더러는 수명을 벌었고, 더러는 수명을 잃었어. 몇 명 안 되지만, 이 사건으로 혜택을 본 사람도 있어. 하지만 아주 극소수뿐이지."

가엾은 피셔가 받은 행운과 똑같은 행운을 받은 사람이 있는지는 묻지 않았다. 알고 싶지도 않았다. 사탄이 우리에게 호의를 베풀려는 마음이야 충분히 알았지만, 그의 판단은 신뢰할 수가 없었다. 그 순간 우리의 운명에 관해 물어보려던 마음도 점점 사라졌다. 우리의 관심은 다른 사람에게로 돌아섰다.

그 후 약 이틀간 마을은 또다시 공포로 들썩였다. 프라우 브랜트의 사건 때문이기도 했거니와, 군중들에게 덮친 수수께끼 같은 재앙이 도저히 이해되지 않았던 것이다. 브랜트 부인이 처형되는 장소에 구경꾼들이 꽉 들어찼다. 신성 모독죄 혐의는 간단히 유죄로 드러났다. 부인이 끔찍한 저주의 말들을 되풀이했기 때문이다. 부인은 이 말을 주워 담을 생각이 추호도 없다고 덧붙였다. 지금 목숨이 위태로운 상황이라고 경고하자, 부인은 당신들도 기다리는 바가 아니냐고 반문했다. 게다가 살고 싶지도 않은 것이, 이 마을에서 마귀 흉내나 내는 사람들과 사느니 차라리 지옥에 가서 진짜 마귀들과 사는 것이 낫다고 설명했다. 이윽고 브랜트 부인이 마법을 부려 자기들의 갈비뼈를 부러뜨렸다는 항의가 빗발쳤다. 혹시 마녀가 아니냐는 의혹이 불거졌다. 브랜트 부인이 경멸하는 눈초리로 대답했다.

"아니요. 나한테 마법이 있다면, 당신들 같은 거룩한 위선자들을 5분 후에도 살려둘 것 같소? 아니요. 그럴 수만 있다면 당신들 모두 죽여버릴 거요. 어서 형을 선고하시오. 나는 이 동네가 지긋지긋하단 말이오."

결국 프라우 브랜트는 유죄를 선고받고 교회로부터 파문을 당했다. 천국의 기쁨은 차단되고 지옥불의 환영만이 기다리고 있었다. 그녀는 세속 재판에 맡겨져 거친 죄수복을 입고 시장이 있는 광장에 인도되었다. 장엄한 종소리가 울려 퍼지는 가운데 말뚝에 묶인 브랜트 부인이 보였다. 가장 먼저, 눈에 들어온 것은 허공으로 피어오른 파란 연기였다. 부인은 드디어 딱딱하게 굳었던 얼굴을 부드럽게 풀었다. 그리고 자기 앞에 꽉 들어찬 구경꾼들을 따뜻한 시선으로 바라보았다.

"우리는 아주 오래전, 때 묻지 않은 아기 때부터 이곳에서 함께 어울려 지냈죠. 그 이유만으로도 당신들을 용서합니다."

그때 나와 세피는 자리를 피했다. 부인이 불에 타 녹아내리는 모습을 보고 싶지 않았다. 하지만 아무리 귀를 틀어막아도 살을 에는 듯한 날카로운 비명은 차단되지 않았다. 마침내 소리가 잠잠해지자, 비로소 우리는 깨달았다. 부인이 교회에서는 파문당했지만, 지금 천국에 있다는 사실을. 그러자 우리가 관여한 부인의 죽음을 기뻐할 수 있었고, 더는 애석해하지 않게 되었다.

며칠 지나지 않아서 사탄이 다시 나타났다. 우리는 경계의 끈을 놓지 않았다. 사탄이 곁에 있는 동안에는 반드시 시끄러운 일이 벌어졌으니 그것은 당연한 반응이었다. 사탄이 나타난 곳은 우리 삼총사가 처음 만났던 숲 속의 바로 그 지점이었다. 당시 세피와 나는 늘 재미있는 일에 목말라 있는 어린아이였다. 우리는 사탄에게 뭔가 재미있는 쇼를 보여 달라고 했다.

"좋아. 인류가 어떻게 발전했는지 진보의 역사가 보고 싶지 않니? 소위 문명의 발달 말이야. 어때?"

우리는 보고 싶다고 대답했다.

사탄은 순간 이곳을 에덴동산으로 바꾸었다. 제단 앞에서 기도하는 아벨이 보이더니, 곧이어 막대기를 들고 아벨을 향해 걸어가는 가인이 보였다. 가인은 우리가 보이지 않았는지, 내가 한쪽 발을 뒤로 빼지 않았다면 발이 밟힐 뻔했다. 가인은 아벨에게 알 수 없는 언어로 무언가 지껄이더니 갑자기 난폭하고 위협적인 태도로 돌변했다. 이어서 무슨 일이 일어날지 알았으므로, 나와 세피는 순간 고개를 돌렸다. 몽둥이로 잔인하게 두들겨 맞는 소리, 천둥 같은 괴성과 고통스러운 신음이 여과 없이 들렸다. 잠시 침묵이 흘렀다. 그리고 우리는 피로 범벅된 채 누워서 숨을 헐떡이는 아벨을 보았다. 그의 곁에는 아벨을 내려다보는 가인이 서 있었다. 가인의 얼굴은 여전히 복수심에 타올랐고 뉘우치는 기색은 없었다.

이윽고 장면이 바뀌어 길고 긴 낯선 전쟁들과 살인, 학살들이 눈 앞에 펼쳐졌다. 다음은 대홍수였다. 폭풍우가 몰아치는 바다 위를 거대한 방주가 나뒹굴고 있었다. 저 멀리 빗속을 뚫고 산 정상들이 희미하게 아른거렸다. 사탄이 말했다.

"너희 인간의 진보는 결과적으로 만족스럽지 못했어. 그래서 새로운 기회가 필요했던 거야."

장면은 다시 바뀌어 포도주에 취한 노아가 나타났다.

이어서 소돔과 고모라가 나타났고, 사탄의 설명처럼 '두세 명이라도 훌륭한 사람을 찾고자 하는 시도'가 보였다. 다음으로, 동굴에 사는 롯과 그의 딸들이 보였다.

158

다음은 히브리 민족의 전쟁들이 이어졌다. 승자들은 전투에서 살아남은 자들과 가축들을 모조리 학살했고 여자아이들은 살려서 서로 나눠 가졌다.

다음으로 야엘이 보였다. 야엘은 장막 안으로 살그머니 미끄러지듯 들어가 잠들어 있는 손님의 관자놀이에 말뚝을 박았다(역주 : 구약성경 「사사기」 4:17~22에 나오는 이야기. 야엘은 겐 사람 헤벨의 아내이다. 사사 드보라 시절, 가나안이 이스라엘을 침략했는데, 이때 가나안 왕 야빈의 군대장관 시스라가 이스라엘 군대의 지휘관 바락에게 쫓기다 야엘의 장막에 피신했다. 헤벨의 가문과 야빈 왕 가문은 동맹 관계였기 때문이다. 여기서 잠들어 있다가 야엘에게 봉변당한 손님은 시스라였다.) 잠시 후 피가 콸콸 쏟아졌고, 가까이 있던 우리 발

위로 붉은 핏줄기가 흘렀다. 아마도 원했다면 손에 그 피를 적실 수도 있었을 것이다.

이어서 이집트 전쟁, 그리스 전쟁, 로마 전쟁 등 온 땅이 역겨운 피비린내로 진동했다. 로마인들이 페니키아(역주 : 페니키아는 오늘날의 시리아와 레바논 해안지대를 일컫는 고대 명칭. B.C. 1500년경까지 이집트의 통치를 받았으나 B.C. 4세기 무렵부터 그리스의 속주가 되기 시작해 B.C. 64년 페니키아 전역이 로마의 속주로 편입되었다.) 사람들을 배신하여 용맹한 이 민족을 학살하는 장면에 우리는 소름이 돋았다. 시저가 브리튼 섬을 쳐들어가는 것도 보았다. 침략의 이유는 "브리튼 섬의 시골뜨기들이 시저에게 무엇을 잘못해서가 아니라 단지 그 땅이 탐나서였다. 또 과부와 고아들에게 문명의 축복을 내리고 싶어서였다."라고 사탄이 설명해주었다.

다음은 기독교의 탄생으로 넘어갔다. 유럽의 시대가 우리 눈앞에서 하나씩 하나씩 차례로 지나갔다. 기독교와 문명이 나란히 손을 잡고 행진하고 있었다. "기아, 죽음, 황무지의 흔적은 여전히 그대로인데, 그 와중에도 인류의 진보를 말해주는 징후가 여기저기서 보인다."라고 사탄은 관찰한 바를 이야기해주었다.

그러고 나서도 전쟁은 계속되었다. 수많은 전쟁이 지나간 뒤에도 여전히 다른 전쟁이 뒤를 이었다. 유럽은 물론이었고, 세계 어디나 전쟁이 없는 곳은 없었다.

"때로는 왕실의 개인적인 감정 때문에, 때로는 약한 민족을 짓밟기 위해 전쟁을 치렀어. 순수한 의도로 다른 나라를 침략했던 전쟁은 한 번도 없었지. 인류의 역사에 그런 전쟁은 없었다고."

사탄이 설명했다.

"지금 너희는 현재까지 이어져 온 인류의 진보를 보았어. 그만하면 대단하다고 생각하겠지. 이제는 미래를 볼 차례야."

우리 눈앞에 대량 학살이 벌어졌다. 이제까지 보았던 어떤 전쟁보다도 훨씬 끔찍하게 인류가 몰살되고 있었다. 무기의 파괴력은 실로 어마어마했다.

"보다시피, 너희 인류는 끊임없이 진보를 이루어 왔어. 가인은 막대기로 동생을 죽였고, 히브리 민족은 창과 칼로 사람을 죽였지. 그리스와 로마 사람들은 여기에 호신용 갑옷을 추가했고 군대제도와 전투 지휘력이라는 전쟁 기술을 고안해냈어. 기독교는 여기에 총과 화약을 덧붙였고 말이야. 앞으로 몇 세기 뒤에 기독교는 이보다 한층 더 치명적인 학살 무기를 개발하게 될 거야. 정말 엄청날 테니 두고 봐. 언젠가는 기독교 문명이 빠진 전쟁은 시시하고 형편없이 패배하게 된다고 말할 날이 올 거야."

사탄은 이렇게 말한 뒤 한참을 차갑게 웃어댔다. 우리가 얼마나 창피스럽고 상처받았는지 뻔히 알면서 인간에 대한 조롱을 멈추지 않았다. 다른 사람도 아닌 천사가 그럴 수 있다니…… 천사들에게 고통은 아무것도 아니다. 천사들은 고통을 들어서 알 뿐이다.

그전까지 세피와 나는 몇 번이고 사탄의 마음을 돌려보려고 노력했다. 아주 조심스럽게, 어떤 때는 굽실거리기도 하면서 그를 설득했다. 그때마다 사탄은 아무 반응이 없었고, 우리는 그의 침묵을 수긍의 뜻으로 받아들였다. 그러나 지금 보니 그것은 우리의 착각이었다. 그동안 사탄이 우리의 노력에 아무 감동도 받지 않았다는 것을 깨닫자 우리는 금세 의기소침해졌다. 그리고 점점 더 서글퍼졌다. 행복한 희망에 부풀었다가 그 희망이 산산이 부서지는 것을 지켜보는 선교사의 심정을 이해할 수 있을 것 같았다. 이제는 사탄을 설득시키려는 노력을 그만두어야 할 때임을 깨닫자 더욱 마음이 아팠다.

사탄은 실컷 웃은 뒤 말을 이었다.

"인류의 진보는 정말 놀라워. 약 5,000년에서 6,000년 동안 대여섯 개의 고급 문명이 발생하고, 번성하고, 세상을 감탄하게 했어. 그리고 점점 쇠퇴하다가 사라졌지. 그중 가장 늦게 발생한 문명에서 인명을 무차별적으로 살상하는 훌륭한 방법을 고안해냈어. 하긴 어떤 문명도 사람을 죽이는 일에 소홀히 하지는 않았지. 세상에서 가장 야심가라 일컬었던 사람을 죽인 것이나, 인류 최초의 살인이 일어난 것만 보아도 알 수 있어. 하지만 그중에서도 당당히 자랑할 만한 승자는 단연코 기독교 문명이야. 앞으로 200년 혹은 300년 동안에는, 노련하다고 할 만한 살인자가 모두 기독교인이라는 공식이 통하게 될 거야. 그때가 되면 이교도들도 기독교 학교에 들어가게 돼. 종교를 배우러 가는 것이 아니라 무기를 배우려고 가는 것이지. 이슬람교도들과 중국 사람들은 선교사들과 개종자들을 죽이려고 기독교도의 무기를 사들이게 돼."

이 말을 마치고 사탄은 새로운 광경을 펼쳐 보였다. 앞으로 200년 혹은 300년 동안의 여러 나라가 우리 눈앞에 지나갔다. 끝이 없는 장대한 행렬이었다. 피바다 사이로 서로 폭력을 가하고 기를 쓰며 몸부림치는 사람들, 갈기갈기 찢겨 나동그라진 사람들이 보였다. 포연(砲煙)에 질식하는 이들도 있었다. 연기를 뚫고 펄럭이는 깃발들이 희미하게 보였고 대포에서 시뻘건 불꽃이 터지고 있었다. 그러는 동안 총소리와 죽어가는 사람들의 소름 끼치는 비명은 끊이질 않았다.

"그래서 결국 무엇이 남을까?"

사탄은 이렇게 묻고는 사악한 미소를 지었다.

"남는 것은 아무것도 없어. 인간은 아무것도 얻지 못해. 인간은 항상 들어갔던 자리에서 나왔거든. 백만 년 동안 인간이 한 일은 무엇일까? 끊임없이 종족을 번식한 일 말고는 없어. 이 따분하고 무의미한 짓을 단조롭게 반복하는 것 외에는 아무 일도 하지 않았다는 말이야. 하지만 그게 다 무슨 소용일까? 지혜라고는 손톱만큼도 짜낼 수 없는데! 과연 이런 세상에서 득을 보는 사람이 있을까? 너희 같은 보통 사람을 업신여기는 군주와 귀족처럼 소수의 찬탈자 무리 외에는

162

아무도 득 될 것이 없는 세상이야. 그런 통치자들은 너희 손이 닿으면 자기가 더러워졌다고 생각하고, 너희가 뭔가 요청이라도 하려고 하면 보는 앞에서 문을 닫아버리지. 너희는 그들의 노예가 되어 그들을 위해 싸우다가 죽으면서도, 이를 수치스럽게 여기기는커녕 오히려 자랑스럽게 여겨. 그들의 존재 자체가 너희에게 끊임없는 위협이고 모욕이지만, 너희는 분개하거나 억울해하는 것조차 두려워해."

"사실 너희의 통치자들은 너희가 베푸는 자선으로 살아가는 한낱 거지에 불과해. 하지만 그들은 너희를 대할 때, 마치 거지에게 동냥을 주는 자선가인 것처럼 거드름을 피워. 주인이 노예를 대하듯 말하고, 너희에게는 노예가 주인에게 말하는 것처럼 하도록 요구하지. 너희는 그들을 입술로 경배하면서 가슴 — 가슴이란 것이 있다면 말이야 — 으로는 그런 자신을 경멸하고 있어. 최초의 인간은 위선적이고 비겁했어. 그리고 위선과 비겁함은 후손들에게 영락없이 대물림되었지. 인류의 모든 문명도 근원에는 위선과 비겁함이 깔려 있었어. 자, 축배를 들자! 위선과 비겁함이여, 영원해라! 더욱 강해져라! 자, 축배를……."

사탄은 우리의 얼굴을 보고는 말을 끊고 비웃음도 멈췄다. 우리가 크게 상처받은 것을 알고는 태도를 바꾸었다. 이번에는 나긋나긋 이야기했다.

"자, 이번에는 우리 건강을 위해, 또 문명의 발전을 위해 건배할 거야. 우리가 마음으로 바라면 하늘에서 진짜 포도주가 날아와 우리 손에 내려앉을 거야. 그럼 건배도 할 수 있어. 하지만 잔은 곧 우리 손을 떠나게 돼. 이제 우리는 세상에서 한 번도 맛본 적 없는 포도주를 마시게 될 거야."

우리는 사탄의 말대로 손을 뻗어 잔을 받았다. 전혀 본 적 없는 호리호리하고 아름다운 잔이었다. 마치 움직이는 것 같기도 했고 살아 있는 것 같기도 했다. 잔에 칠해진 색들은 확실히 움직이고 있었다. 색깔들이 영롱하게 반짝이다가 톡톡 터졌다. 게다가 모든 색조가 정지되지 않고 앞뒤로 계속 흐르며 거대한 파도처럼 물결을 만들어냈다. 색조들이 서로 부딪치고 끊기다가 고혹적인 색깔로 터져 앙증맞게 반짝였다. 물결처럼 떠돌다가 화려한 불꽃을 터뜨리는 것이 보석 오팔을 닮은 것 같기도 했다. 하지만 포도주는 무엇과도 비교할 수 없는 맛이었다. 느낌이 정말 오묘했다. 그야말로 넋을 잃고 무아지경에 빠질 것만 같았다. 어쩌면 천국에서 훔쳐온 포도주일지도 모른다는 생각이 들었다. 세피가 초롱초롱한 눈망울로 엄숙하게 말했다.

"언젠가 그곳에 가게 된다면……."

세피는 사탄을 곁눈질해보았다. "맞아. 너는 언젠가 그곳에 가게 될 거야."라고 말해주기를 기대하는 눈치였다. 그러나 사탄은 딴생각에 잠긴 듯 아무 말이 없었다. 나는 불현듯 불길한 생각이 들었다. 사탄은 분명 세피의 말을 알아들었는데……. 사탄은 말로든 몸짓으로

든 아무 메시지도 보내지 않았다. 세피는 침통한 얼굴로 연신 사탄의 표정을 살폈다. 순간 포도주잔들이 둥둥 떠서 하늘을 가르며 날아갔다. 세쌍둥이의 작은 무지개가 뜨더니 곧 사라졌다. 아니 무지개가 왜 금방 사라지는 걸까? 불길한 징조인 것 같아 나 역시 침울해졌다. 내 무지개는 알아보았어야 했나? 세피는 자기 무지개를 알아보았을까?

9

실로 대단한 모험이었다. 사탄은 시간과 공간을 자기 마음대로 주물렀다. 사탄에게 시간과 공간은 존재하는 것이 아니라고 했다. 그것은 인간의 발명품이자 인위적인 것이라고 말이다. 우리는 종종 사탄과 함께 지구 반대편에 있는 아주 먼 지역으로 날아가 몇 주 혹은 몇달간 머물렀다. 가는 데 걸리는 시간은 보통 일 초면 충분했다. 시계로 잰다면 분명 그럴 것이다.

어느 날, 마을에 엄청나게 곤란한 일이 벌어졌다. 진상조사위원회가 점성술사와 피터 신부님의 집을 조사해야 하는데 마법이 무서워서 감히 조사할 엄두조차 내지 못하고 있었다. 이런 미지근한 조치에 잔뜩 화가 난 사람들이 있었으니, 그들은 친구도 없는 가련한 사람들이었다. 그들은 직접 마녀사냥에 나서기로 하고 한 여인을 조사하기 시작했다. 그 여인이 악마적인 기교를 부려 환자를 치료한다는 것이 이유였다. 여인은 아픈 사람을 물에 담그고 씻기고 영양을 보충하게 하여 낫게 했는데, 보통은 그렇지 않았다. 당시 이발사 겸 외과 의사들은 피를 뽑고 정화하는 의식을 거쳐 환자의 병을 고쳤다.

그리하여 여인은 욕설을 퍼붓는 군중들에게 쫓겨 도망치는 신세가 되었다. 이집 저집 돌아다니며 문을 두드렸지만, 아무도 문을 열어주지 않았다. 그렇게 쫓고 쫓기는 추격전이 벌어지는 동안, 우리도 사탄과 함께 그 뒤를 따라가 보았다. 결국에 여인은 지쳐서 쓰러졌고 사람들에게 붙잡혔다. 사람들은 그녀를 큰 나무로 끌고 간 다음, 나무 둥지에 밧줄을 둘러 올가미를 만들었다. 그러는 동안 사람들에게 붙들려 있던 여인은 눈물을 흘리며 살려달라고 빌었다. 어린 딸이 어미를 지켜보면서 눈물을 흘리고 있었다. 하지만 두려워서 한마디도 건네지 못했다.

사람들이 여인을 나무에 매달았다. 나는 마음속으로 미안했지만, 여인에게 돌을 던지지 않을 수 없었다. 모두가 돌을 던지며 옆 사람을 감시했기 때문이다. 만약 내가 돌을 던지지 않았다면 사람들이 나를 노려보며 비난을 퍼부을 것이 분명했다. 그때였다. 갑자기 사탄이 낄낄대며 크게 웃기 시작했다.

모든 사람이 사탄을 향해 몸을 돌렸다. 어이없고 불쾌하다는 표정들이었다. 하필이면 절대 웃어서는 안 될 때 조롱에 가까운 기분 나

뻔 웃음을 마구 터뜨리고 있었다. 모두의 의심을 사기에 충분한 행동
이었다. 대장장이 어르신이 사탄을 보고 모두가 들을 수 있도록 목청
을 높였다.

"당신은 왜 웃는 것이오? 어서 대답하시오! 그리고 돌은 왜 안 던
졌는지 사람들한테 설명하시오!"

"내가 돌을 던지지 않았다고 확신하시오?"

"그렇소. 거짓말할 생각은 마시오. 내 두 눈으로 똑똑히 봤으니까."

"저도 봤어요."

"저도요!"

다른 두 명이 소리쳤다.

"세 명의 증인이라면……."

사탄이 응수했다.

"대장장이 뮐러, 푸줏간의 클라인, 방직공 페퍼, 이 세 사람은 누구
나 다 아는 거짓말쟁이 아니오? 다른 사람은 없소?"

"다른 증인이 있건 없건, 당신이 우리를 어떻게 생각하건, 그것은
우리가 알 바 아니오. 당신 문제를 매듭짓는 데 세 사람이면 충분하
니까. 당신이 돌을 던졌다는 것을 증명하지 못하면 난처한 일이 벌어
질 테니 각오하시오."

"옳소!"

군중들은 일제히 함성을 지르며 사탄의 반응을 살폈다.

"우선 질문에 답부터 하시오!"

대장장이는 자신이 군중의 대변자이자 이 사건의 영웅이라도 되는 듯 어깨가 으쓱해졌다.

"당신은 왜 웃은 것이오?"

사탄이 미소를 띠며 유쾌하게 대답했다.

"겁쟁이 세 명이 자기한테 죽음이 닥친 줄도 모르고, 죽어가는 여인에게 돌을 던지는 것이 우스웠소."

미신에 사로잡혀 있던 군중들은 갑자기 큰 충격을 받았다. 모두가 움츠러들며 숨을 꼴깍 삼켰다. 대장장이가 허세를 부리며 말했다.

"흥! 당신이 대체 뭘 안다고 그러시오?"

"나 말이오? 나는 모든 것을 알지. 내 직업은 점쟁이요. 당신 셋은 물론이고 다른 몇몇 사람들이 저 여인에게 돌을 던지려고 손을 들었을 때 손금을 읽었소. 당신 셋 중 한 명은 내일 죽을 것이고, 다른 한 명은 오늘 밤 죽을 것이오. 마지막 한 명은 5분 후면 죽을 것이오. 저기 시계가 있으니 보시오!"

이 말은 엄청난 파장을 불러일으켰다. 군중들은 새파랗게 질린 채 일제히 시계 쪽으로 고개를 돌렸다. 푸줏간 일꾼과 방직공은 어딘가 많이 불편해 보였다. 하지만 대장장이는 마음을 가다듬고 씩씩하게 말했다.

"첫 번째 예언은 오래 기다릴 필요가 없겠군. 젊은 선생, 만약 실패하면, 맹세컨대 당신은 1분도 채 못 되어 죽을 것이오."

사람들은 아무 말 없이 깊은 적막 속에서 시계만 들여다보았다. 그 인상적인 장면은 아직까지도 잊히지가 않는다. 4분 50초가 지날 무렵이었다. 대장장이가 갑자기 숨을 헐떡이면서 손바닥으로 가슴을 쳤다. "숨을 쉴 수가 없어! 나를 좀 도와줘!"라고 소리치더니 그대로 바닥으로 고꾸라져버렸다. 군중들은 아무도 대장장이를 도우려 하지 않았다. 오히려 재빨리 뒤로 물러섰다. 그러는 사이 대장장이는 바닥에 누워 서서히 숨을 거두었다. 사람들은 대장장이에게서 사탄으로, 그리고 서로에게로 시선을 돌렸다. 입술을 움찔거리며 무언가 말을 할 듯하면서도 아무도 입을 열지 못했다. 그러자 사탄이 입을 열었다.

"내가 돌을 던지지 않은 것을 세 명이 보았소. 다른 목격자도 있을 텐데, 있으면 한번 말해보시지."

이제 사람들은 완전히 패닉 상태가 되었다. 사탄의 말에는 대꾸할 생각도 안 하고, 서로에게 욕설과 비난을 퍼붓기에 바빴다. "당신이 말했잖아. 저 사람이 돌을 안 던졌다고." 혹은 "우라질! 그것은 거짓말이야!"라는 말들이 난무했다. 잠시 후 걷잡을 수 없는 소동이 일어났다. 서로 주먹을 날리고 발길질을 하고 물어뜯고 밀쳐대는데……, 그야말로 아수라장이었다. 이 요란한 소동에 무관심한 사람은 올가미에 매달려 죽은 여인뿐이었다. 그녀는 모든 고민을 잊고 평안히 안식하고 있었다.

우리는 그곳을 떠났다. 나는 마음이 편치 않아 혼자 중얼거렸다.

"사탄은 자기가 저 사람들을 비웃었다고 말했지만, 그것은 거짓말이야. 사탄은 나를 비웃은 거라고."

이 말에 사탄이 껄껄대며 웃었다.

"맞아. 나는 너를 비웃었어. 네가 여인에게 돌을 던진 이유는 사람들의 비난이 두려워서였잖아. 진짜 본심은 그게 아니면서 말이지. 그게 우스웠어. 하지만 다른 사람들을 비웃은 것도 맞아."

"다른 사람들은 왜?"

"그들도 너랑 똑같았거든."

"뭐라고?"

"음. 그 자리에 총 예순여덟 명이 있었는데, 그중 예순두 명은 너처럼 돌을 던질 마음이 없었어."

"사탄!"

"사실이야. 나는 너희 종족을 잘 알아. 너희 인간은 양 떼(역주 : 양을 가리키는 'sheep'은 아무 생각 없이 남이 하는 대로 따르는 사람을 빗대는 의미로 쓰이기도 한다.)와 같아서 소수에게 지배당하는 습성이 있어. 반대로 다수에게는 좀처럼 지배당하지 않아. 자기의 감정도 신념도 모두 억누른 채, 가장 목소리가 큰 한 줌밖에 안 되는 극소수를 따르는 것이 바로 인간이라는 종족이야. 문제는 그 몇 안 되는 사람이 옳을 때도 있지만 틀릴 때도 있다는 것이지. 하지만 군중들은 옳건 그르건 무조건 그 극소수를 따라가."

"사람들은 문명화되었건 아니건, 대부분 따뜻한 마음씨를 가졌어. 드러내지는 않지만, 남을 괴롭히는 것을 싫어해. 그런데 공격적이고 무자비한 소수 앞에 가면 완전히 달라지지. 감히 자기주장을 펼치지 못하는 거야. 자 생각해 봐! 어떤 마음씨 착한 사람이 다른 사람의 행동을 살펴보았어. 그런데 그가 부당한 일들을 충실히 돕고 있는 거야. 두 사람 다 꺼리는 일을 말이야. 그럼 마음씨 착한 사람은 어떻게 할까?"

"내가 전문가로서 말하는데, 백 명 중 아흔아홉 명은 마녀를 죽이는 행위를 강하게 거부해. 아주 오래전, 극소수의 경건한 미치광이들이 처음으로 그런 바보짓을 선동했을 때부터 그런 경향은 달라지지 않았어. 요즘도 마찬가지야. 오래전부터 편견과 어리석은 교육이 이어져 오는데도, 스무 명 중 겨우 한 명만 진정으로 마녀를 공격하고 싶어 해. 겉으로는 모든 사람이 마녀를 미워하고 죽이고 싶어 하는 것 같지만, 사실은 그렇지 않아."

"하지만 언젠가 소수의 사람들이 반대쪽 의견을 들고 일어날 거야. 어쩌면 목소리 크고 단호한 한 사람이 될 수도 있어. 용기 있는 그 사람은 어느 때보다 세상을 떠들썩하게 만들 거야. 그리고 일주일쯤 지나서 모든 양 떼가 그를 따르게 되고, 마녀사냥도 갑자기 사라지게 되지."

"군주국가건, 귀족사회건, 종교사회건 간에 모든 제도는 인간의 결함을 토대로 세워졌어. 이웃에 대한 불신과 개인의 욕망이 바탕에 깔렸지. 그래야 개인의 안전이나 평안을 지킬 수 있거든. 또 이웃의 눈 밖에 나지 않고 잘 버틸 수도 있고 말이야. 이러한 제도는 영원히 사라지지 않고, 계속 발전할 거야. 그러면서 계속해서 인간을 짓밟고 능멸할 거야. 그러면 인간은 결국에는 도태되고 말아. 왜냐하면 너희는 영원히 소수의 노예로 남을 거니까. 대다수 사람들이 진심으로 이러한 제도에 충실한 나라는 단언컨대 없어."

나는 우리 인간을 양이라 부르는 것이 싫었다. 사탄에게 그것은 사실이 아니라고 말했다.

"하지만 어린양아, 그것은 사실이란다."

사탄이 달래듯이 말했다.

"인간의 전쟁을 살펴봐. 너희가 얼마나 얼간이(역주 : 원문의 'mutton'은 다 자란 양고기를 뜻하기도 하지만 얼간이라는 의미도 있다.) 같고 터무니없는지!"

"전쟁이 어떻다는 건데?"

"전쟁을 일으킨 당사자 입장에서 떳떳한 전쟁은 한 번도 없었어. 내가 백만 년 전부터 조사해보았는데, 이런 규칙이 어긋난 경우는 거의 없었지. 전쟁이 어떻게 일어나는 줄 알아? 일반적으로 말하면, 우선 목소리가 가장 큰 극소수의 사람이 전쟁의 필요성을 열심히 떠들어대. 그러면 종교계가 처음에는 조심스럽게 반대하지. 다음으로, 위대한 다수, 즉 우둔한 무리가 졸린 눈을 비비며 왜 전쟁이 일어나야 하는지 이해하려고 안간힘을 쓰게 돼. 그들은 진심으로 분개하며 이렇게 말하지. '이 전쟁은 부당하고 부끄러운 짓입니다. 아무짝에도 쓸모없는 불필요한 전쟁입니다.' 그러면 전쟁을 지지하는 극소수들은 더욱 목청을 높이고, 다른 한편에서는 몇몇 공정한 사람들이 연설도 하고 글을 발표하며 전쟁 반대를 역설하지. 이들은 처음에는 좋은 반응을 얻고 박수도 받지만 오래가지는 못해. 머지않아 이들보다 더 큰 목소리로 떠드는 자들이 나타나거든. 그러면 반전을 외치는 목소리는 점차 도태되고 대중의 호응도 사라지게 돼."

"너는 머지않아 신기한 일을 보게 될 거야. 연설자가 강단에서 돌에 맞아 죽고, 자유 논객이 수많은 폭력배에게 목이 졸려 죽는 일이 벌어질 거야. 사실 가해자들도 일찍부터 돌 맞아 죽은 연설자들과 한마음이지만, 그렇다고는 감히 입 밖에 낼 수 없어. 이어서 종교계를 비롯해 나라 전체가 목이 쉴 때까지 연신 구호를 외칠 거야. 정직한 사람들도 과감하게 자기 목소리를 내게 돼. 그러나 그러한 목소리는 곧 그치게 될 거야. 다음으로는, 정치가들이 등장하게 돼. 정치가들은 얄팍한 거짓말을 지어내고 자기들이 공격할 나라를 마구 비난하지. 그러면 모든 사람이 달콤한 거짓말에 위로를 받고 놀아나게 돼. 그리고 그 거짓말을 열심히 배우기 시작해. 반대 논리는 검토해볼 생각조

차 하지 않고 말이야. 사람들은 그런 식으로 차츰차츰 전쟁의 당위성
에 빠져들게 되는 거야. 결국 그들은 신에게 감사하지. 말도 안 되는
식으로 자기를 기만하고 나니 이제야 발 뻗고 깊은 숙면을 즐길 수
있게 되었다고 말이야."

10

그 후 여러 날 동안 사탄은 자취를 감추었다. 사탄이 없는 하루하루가 따분했다. 점성술사는 달 여행을 마치고 돌아와 마을을 어슬렁거리며 사람들 눈치를 살피는 대담함까지 보였다. 그러다가 이따금 마녀 혐오자들이 던지는 돌에 등짝을 맞기도 했지만, 그들 눈에 띄지 않도록 재빨리 몸을 숨겼다. 그러는 동안 마게트에게는 두 가지 변화가 생겼다. 첫 번째는 사탄에 관한 일이었다. 사탄은 한두 번 마게트를 찾아가 그녀의 자존심에 생채기를 낸 뒤로는 그녀에게 관심을 뚝 끊고 더는 찾아가지 않았다. 그리하여 마게트는 이를 악물고 사탄에게 빼앗겼던 마음을 다시 돌려놓았다. 두 번째는 빌헬름 메들링에 관한 일이었다. 이따금 우르즐라가 메들링이 방탕한 생활에 빠졌다는 소식을 전했는데, 그때마다 마게트는 죄책감에 시달렸다. 사실 빌헬름의 방황은 사탄에 대한 질투심 때문이었다. 이 두 가지 변화는 마게트에게 긍정적인 결과로 나타났다. 사탄에 대한 관심은 식어졌고, 빌헬름에 대한 관심은 가열된 것이었다. 이제 빌헬름이 다시 기운을 내어 방탕한 생활을 청산한다면, 마게트의 마음을 완전히 사로잡을 수 있었다.

마침 좋은 기회가 찾아왔다. 마게트가 빌헬름에게 다가오는 재판에서 삼촌의 변호를 맡아달라고 부탁한 것이다. 빌헬름은 기뻐서 어쩔 줄을 몰랐다. 당장 술을 끊고 부지런히 변호를 준비하기 시작했다. 전망이 밝지 않은 소송이기도 했지만, 어쨌든 그는 기대 이상으로 매우 열성적이었다. 빌헬름은 여러 차례 세피와 나를 사무실로 불러내어 자초지종을 묻고 또 물었다. 쭉정이에서 알곡만을 골라내기 위한 까다로운 작업이 연일 거듭되었다. 그러나 수확은 신통치 않았다. 당연한 결과였다.

사탄만 있으면 끝나는 소송인데! 나는 줄곧 이 생각만 했다. 사탄은 승소할 방안을 얼마든지 만들어낼 수 있다. 피터 신부님이 소송에서 이긴다고 그가 분명 말하지 않았나. 그러니 사탄은 당연히 이길 방법을 알 것이다. 그러나 재판 날이 하루하루 다가오는데 사탄은 나타나지 않았다. 물론 나는 피터 신부님이 이 소송에서 승리해 남은 삶을 행복하게 산다는 사실을 추호도 의심하지 않았다. 사탄이 그렇게 말했다면 그런 것이었다. 하지만 어떻게 해야 소송에서 이기는지 사탄이 직접 말해준다면 마음이 한결 편안해질 것 같았다. 이제 피터 신부님이 자유의 몸이 되어 행복해질 시간이 코앞에 다가왔다. 피터 신부님은 오랜 수감 생활과 수치심에 짓눌려 몸도 마음도 만신창이가 되었다. 당장 풀려나지 않으면 죽을지도 모른다고들 했다.

마침내 재판이 열렸다. 방방곡곡에서 구경꾼들이 구름 떼같이 몰려들었다. 그중에는 상당히 멀리에서 온 외지인도 제법 많았다. 피고인 피터 신부님을 제외하고는 온 마을 사람이 온 것 같았다. 피터 신부님은 엄청난 중압감으로 몸을 가눌 수 없는 지경이 되었다. 그리하여 마게트가 대신 재판장에 모습을 드러냈다. 희망을 버리지 않고 정신을 똑바로 차리려고 애를 쓰는 모습이 보였다. 사건의 증거물인 돈도 제출되었다. 탁자 위에 놓였던 돈은 판사들의 손에 넘겨져 신중하게 검토되는 중이었다.

점성술사가 증인석에 섰다. 모자를 비롯해 이런 자리에 잘 어울릴 만한 차림새로 신경을 쓴 티가 역력했다. 곧이어 심문이 이루어졌다.

"당신은 이 돈을 당신 것이라 주장합니까?"

"네, 그렇습니다."

"그 돈을 어떻게 얻었습니까?"

"여행에서 돌아오다가 길에서 돈 가방을 주웠습니다."

"그게 언제였나요?"

"지금으로부터 2년도 더 전이었습니다."

"그래서 어떻게 했나요?"

"돈 가방을 집으로 가져와 별 관측소에 있는 비밀 장소에 감춰두었습니다. 돈 주인을 찾아보려 했습니다."

"돈 주인을 찾으려고 노력은 해보았습니까?"

"여러 달 동안 열심히 수소문해보았습니다. 하지만 찾지 못했습니다."

"그래서 어떻게 했나요?"

"주인을 더 찾아봐야 소용없다고 생각했습니다. 그래서 수도원이나 수녀원에 연계된 보육원을 위해 쓸 생각이었지요. 그래서 숨겨둔돈을 꺼내 혹시 잃어버린 돈은 없는지 세어보았습죠. 그런데……."

"왜 말을 멈추죠? 계속하세요."

"죄송하지만, 여기서 꼭 해야 할 말이 있습니다. 돈을 다 세고 나서 돈 가방을 원래 있던 장소에 돌려놓으려고 했지요. 그때 고개를들어보니 제 뒤에 피터 신부님이 서 있었습니다."

장내가 술렁였다. "이거 불길한데" "아이고, 저건 거짓말이야!" 같은 웅성대는 소리들로 어수선해졌다. 다시 심문이 이루어졌다.

"그래서 당신은 거북했습니까?"

"아니요. 당시에는 전혀 그렇지 않았습니다. 피터 신부님은 종종아무런 연락 없이 저를 찾아와서 도와달라며 손을 벌렸거든요."

마게트의 얼굴이 진홍색으로 물들었다. 뻔뻔한 거짓말로 삼촌을 거지로 만들다니! 마게트는 삼촌이 전부터 점성술사를 사기꾼이라며 비난했던 일이 떠올랐다. 마게트는 판사에게 이 사실을 말하려고 했지만, 상황이 상황인지라 마음을 가다듬고 다시 침착해졌다.

"계속 진술하십시오."

"저는 결국 두려운 마음에 보육원에 돈을 기부하지 못하고 1년간 더 기다리기로 했습니다. 그동안 주인을 좀 더 찾아볼 요량이었습니다. 피터 신부님이 돈을 주웠다는 소식에 저는 기뻤어요. 요만큼도 의심하지 않았답니다. 하루, 이틀 지나서야 제 돈 가방이 사라진 것을 알았습니다. 하지만 그때만 해도 피터 신부님을 의심하지 않았습니다. 그런데 신부님이 그 행운을 얻었다는 상황이 세 가지 점에서 제 경우와 너무나 똑같아서 충격을 받았습니다. 우연한 일치치고는 정말 이상했으니까요."

"그 세 가지가 무엇인지 말해보세요."

"첫째, 피터 신부님이 길에서 돈을 주웠다고 했는데 저도 길에서 주웠습니다. 둘째, 피터 신부님이 주운 돈에는 금화만 있다고 했는데 저 역시 그랬습니다. 셋째, 피터 신부님이 주운 돈은 1,107더컷인데 제 돈도 같은 액수입니다."

이로써 점성술사의 증언이 마무리되었다. 강한 인상을 준 증언임이 틀림없었다. 충분히 그럴 만했다.

빌헬름 메들링이 점성술사에게 몇 가지 질문을 던졌다. 그런 다음

나와 세피를 증인석에 불렀다. 우리는 당시 상황을 증언했다. 그런데 여기저기서 키득키득 웃는 소리가 들렸다. 정말 창피했다. 어쨌거나 느낌이 좋지 않았다. 빌헴름 또한 무기력한 모습을 그대로 드러냈다. 가엾은 젊은이가 최선을 다하는 모습이 정말 안쓰러웠지만, 승산은 없어 보였다. 그렇다고 빌헬름의 고객인 마게트도 그를 안쓰럽게 생각할지는 미지수였다. 점성술사의 인품을 생각할 때 판사들이나 청중들은 그의 진술을 믿기 어려울 수 있다. 그러나 피터 신부님을 믿을 가능성은 거의 없어 보였다.

우리가 결과를 비관하고 있을 때였다. 점성술사의 변호사는 세피와 내게는 질문할 필요가 없다고 말했다. 우리의 진술에 전혀 신빙성이 없는 데다, 어린 우리를 압박하는 것은 잔인한 일이라고 이유를 설명했다. 다시 킥킥대는 웃음소리로 장내가 술렁였다. 우리는 더는 참을 수 없었다. 폭발하기 일보 직전이었다. 점성술사 측 변호사는 빈정대는 투로 우리 진술을 하나하나 꼬집으며 웃음거리로 만들어버렸다. 지극히 터무니없는 유치한 이야기이고 절대 일어날 수 없는 어설픈 거짓말이라고 신랄하게 공격했다. 이제 청중들은 하도 웃어서 모두 배꼽이 빠질 지경이었다. 끝까지 용기를 잃지 않고 담담하던 마게트도 결국에는 무너지고 말았다. 눈물을 흘리는 마게트에게 나는 너무나 미안했다.

이때였다. 무언가 나를 높이 들어 올리는 공기가 감지되었다. 그러더니 빌헬름 곁에 나란히 서 있는 사탄의 모습이 눈에 들어왔다. 둘의 모습이 어찌나 대조적이었던지! 사탄은 위풍당당했고 눈과 얼굴에도 생기가 돌았다. 반면 빌헬름은 너무도 침울하고 의기소침했다. 세피와 나는 비로소 마음을 놓았다. 사탄이 진술한다면 판사든 청중이든 설득하는 것은 식은 죽 먹기였기 때문이다. 검은색이 흰색이 되고 흰색이 검은색이 될 수도 있었다. 아니, 마음만 먹으면 어떤 색도 될 수 있었다. 우리는 법정에 들어찬 사람들이 사탄을 어떻게 생각할지 궁금해 하면서 주변을 힐끗거렸다. 사탄의 모습은 정말이지……, 아름답고 근사했다. 그런데 아무도 사탄을 의식하지 않았다. 사탄은 나와 세피의 눈에만 보인 것이다.

점성술사 측의 최후 진술이 진행되고 있었다. 그러는 동안 사탄은 빌헬름의 몸속으로 감쪽같이 미끄러져 들어갔다. 그러자 곧바로 변화가 일어났다. 빌헬름의 두 눈에서 사탄의 기운이 느껴지기 시작한 것이다.

점성술사 측 변호사는 돈을 가리키며 최후 진술을 마무리하는 발언을 했다. 매우 진지했고 위엄이 느껴졌다.

"모든 죄악의 뿌리에는 돈을 사랑하는 마음이 있습니다. 돈을 사랑하는 마음에 악마가 깃든다는 것은 어제오늘 일이 아니지요. 이번 사건에서 수치심조차 느끼지 못하게 한 것 역시 돈을 사랑하는 마음이었습니다. 돈을 사랑하는 마음이 한 사제를 욕보이고 가엾은 두 어린 조력자를 죄에 빠트린 것입니다. 감히 말씀드리지만, 이들은 돈의 노예 중에서도 가장 야비하고 가장 딱한 사람들입니다."

그 변호사가 자리에 앉고 빌헬름이 일어나 변론을 시작했다.

"원고의 증언에 따르면, 그는 2년도 더 전에 길에서 돈을 주웠다고 했습니다. 원고, 제가 잘못 알고 있다면 정정해주십시오."

점성술사는 제대로 이해했다고 대답했다.

"그때 주운 돈은 계속 점성술사의 수중에 있었고 작년 마지막 날에야 꺼내 보았다고 하셨습니다. 제 말이 맞습니까?"

점성술사는 그렇다는 표시로 고개를 끄덕였다. 빌헬름은 판사석으로 돌아선 뒤 변론을 이었다.

"만일 여기에 있는 돈이 점성술사가 주운 돈이 아니라는 것이 입증된다면, 그럼 이 돈은 점성술사의 돈이 아니라는 뜻이겠군요?"

"당연히 그렇습니다. 하지만 이것은 규정에 어긋난 일입니다. 만일 그걸 입증할 증인이 있다면 당신은 이를 알리고 그를 불러야……."

판사는 말을 중단하고 다른 판사들과 상의하기 시작했다. 그러자 반대 측 변호사가 몹시 흥분하여 자리에서 벌떡 일어났다. 재판이 거의 다 종료된 시점에 새로운 증인을 소환하는 것은 말도 안 된다며 이의를 제기했다.

판사들은 원고 측 주장이 정당하다고 판단하며 이의를 인정했다.

그러자 빌헬름이 말했다.

"새로운 증인을 부르려는 것이 아닙니다. 이미 어느 정도 검증된 증인이 있습니다. 바로 저 금화 말이지요."

"금화라고요? 하지만 금화가 어떻게 말을 합니까?"

"저 금화는 점성술사가 소유했던 돈이 아니라고 말해줄 것입니다. 즉 작년 12월에는 존재하지 않았던 돈이라고요. 금화에 새겨진 날짜가 이를 증언할 것입니다."

조사해보니 정말 그랬다! 금화를 살펴본 반대 측 변호사와 판사들은 일제히 탄성을 질렀다. 그러자 법정 안은 그야말로 흥분의 도가니가 되었다. 청중들은 훌륭한 생각을 해낸 빌헬름의 명석함에 감탄을 아끼지 않았다. 마침내 판결이 선고되었다.

"이 금화 중 네 개에 올해 날짜가 새겨져 있습니다. 본 법정은 피고인에게 진심 어린 지지와 깊은 유감의 뜻을 표하는 바입니다. 정직한 사람이 불운한 실수 때문에 감옥에 갇혀 재판까지 받는 부당한 굴욕을 당했습니다. 이 사건은 취하되었습니다."

원고 측 변호사의 생각과 달리 결국에는 돈이 말을 한 셈이었다. 거의 모든 청중이 마게트에게 다가가 손을 잡고 축하의 말을 건넸다. 이어서 빌헬름의 손을 잡고는 칭찬을 아끼지 않았다. 빌헬름의 몸에서 빠져나온 사탄은 그의 곁에 서서 호기심 어린 표정으로 주위를 둘러보았다. 많은 사람이 사탄 곁을 지나갔지만, 그를 알아보는 사람은 없었다. 빌헬름은 왜 처음부터가 아니라 마지막에서야 금화의 날짜를 생각해냈는지 이유를 설명할 수 없었다. 그는 그것을 '영감'이라고 설명했다. 갑자기 그런 생각이 머릿속을 스쳤고, 아무 망설임 없이 곧바로 털어놓았다는 것이다. 돈을 본 적은 없지만, 어쨌거나 그게 사실임을 거의 확신했다고 설명했다. 빌헬름다운 정직한 고백이었다. 어떤 사람은 그가 일찌감치 그런 생각을 했으나 마지막에 한 방 터뜨리려고 아껴둔 것이라고 보았다.

빌헬름은 어느 정도 본래 모습으로 돌아왔지만, 이전처럼 둔해 보이지는 않았다. 하지만 사탄이 들어갔을 때처럼 초롱초롱한 눈망울은 아니었다. 그런데 마게트가 다가와 감사하다고 말하며 공을 돌릴 때는 두 눈이 다시 반짝거렸다. 마게트는 빌헬름이 정말 자랑스러웠다. 그에게서 한시도 눈을 떼지 못했다. 재판 결과가 못마땅한 점성술사는 욕설을 퍼부으며 사라졌고, 솔로몬 이삭은 모든 돈을 챙겨 법정에서 나갔다. 이제 그 돈은 영원히 피터 신부님의 것이었다.

사탄도 사라졌다. 아마도 피터 신부님에게 소식을 전하려고 쏜살같이 감옥으로 날아갔을 것이다. 내 생각이 옳았다. 마게트를 비롯한 우리 측 사람들도 서둘러 감옥으로 갔다. 어서 빨리 이 기쁜 소식을 알리고 싶었다.

그런데 사탄이 한발 빨랐다. 그는 가엾은 피터 신부님 앞에 나타나 이렇게 소리쳤다.

"재판은 끝났습니다. 판결을 말씀드릴게요. 이제 당신은 영원히 도둑이라는 불명예를 안고 살게 되었습니다!"

그 소리에 노인네는 충격으로 정신을 잃고 말았다. 10분 후 우리가 도착했을 때 우리가 알던 피터 신부님의 모습은 없었다. 신부님은 두 어깨에 잔뜩 힘을 주고 여기저기 돌아다니면서 경관과 교도소장에게 이런저런 명령을 내리고 있었다. 그들을 시종장, 또는 무슨 대공이라 부르기도 했고, 해군 원수, 육군 원수 같은 온갖 화려한 직책을 갖다 붙였다. 그리고 마치 하늘에서 나는 새처럼 행복하게 종알거렸다. 피터 신부님은 자기가 황제인 줄 알고 있었다.

마게트는 삼촌의 가슴에 와락 안겨 울음을 터뜨렸다. 이를 보고 있자니 가슴이 찢어질 듯 아프고 너무나 뭉클했다. 피터 신부님은 마게트를 알아보았지만, 그녀가 왜 우는지 몰라 당황스러워했다. 그는 마게트의 어깨를 쓰다듬으며 말했다.

"아가야, 이러지 마라. 너를 보는 눈이 많다는 것을 기억해야지. 황태자비에게는 어울리지 않는 행동이란다. 대체 무슨 문제가 있는 건지 나한테 털어놓으렴. 내가 해결해주마. 황제에게 불가능은 없단다."

피터 신부님은 이렇게 말하고는 주위를 둘러보았다. 앞치마 자락으로 눈물을 훔치는 늙은 우르즐라를 보고 어리둥절해 하며 물었다.

"무슨 문제라도 있습니까?"

우르즐라는 눈물을 삼키며 신부님 때문에 속상하다는 말을 꺼내려고 했다. 하지만 피터 신부님이 먼저 입을 열었다.

"참, 특이한 노인일세. 저 공작 미망인은 악의가 없는 것은 분명해. 그런데 늘 훌쩍이면서 무슨 일인지 설명하지는 못하지. 자기도 무슨 일인지 모르는 게야."

피터 신부님은 우연히 빌헬름을 보았다.

"오, 인도 왕자님! 우리 황태자비가 당신에게 관심 있다는 것을 나는 알고 있소. 당신이 황태자비의 눈물을 거두어주시오. 나는 이제 당신 커플 사이에서 비켜서겠소. 그리고 우리 황태자비가 당신의 왕관을 나눠쓰도록 허락하오. 그러니 내 대를 이어주시오. 자, 숙녀분 어때요? 내가 잘했지요? 이제 웃을 수 있지요? 어서!"

피터 신부님은 마게트를 사랑스럽게 어루만지고 입을 맞추었다. 그는 기분이 아주 좋아졌는지 백성인 우리에게 왕국이며 이것저것을 선물로 하사하기 시작했다. 그중 가장 빈약한 선물이 공국(公國)일 정도였다. 결국 피터 신부님은 간곡한 설득에 못 이겨 집으로 발걸음을 돌렸다. 그러나 위풍당당한 행진은 포기하지 않았다. 도중에 구경꾼들이 나온 것을 보고는 아주 기뻐하며 만세를 불렀다. 이에 사람들도 같이 만세를 부르며 맞장구를 쳐주었다. 그러자 피터 신부님은 고개를 숙여 인사하고 인자하게 미소를 지었다. 팔을 들며 "축복한다, 내 백성들!"이라는 인사도 잊지 않았다.

그렇게 안타까운 모습은 난생처음이었다. 마게트와 우르즐라는 온종일 눈물을 멈추지 않았다.

집에 돌아오는 길에 사탄을 마주쳤다. 왜 거짓말로 나를 속였는지 그에게 따졌다. 사탄은 당황한 기색 하나 없이 너무나 태연하게 술술 해명을 늘어놓았다.

"아, 그것은 네가 잘못 판단한 거야. 나는 거짓말하지 않았어. 피터 신부님의 여생이 행복할 거라고 내가 말했잖아. 결국 그렇게 된 거야. 피터 신부님은 자신을 황제라고 생각하면서 자부심과 기쁨 가운데 생을 마감하게 될 테니까. 그는 앞으로 누구 못지않게 정말 행복한 사람으로 살 거야. 영원히!"

"하지만 사탄, 방법이 잘못되었잖아. 방법이! 그렇게 꼭 정신줄을 놓게 해야 했던 거야?"

사탄을 자극하기란 절대 쉽지 않은데 이번에는 제대로 건드린 것 같았다.

"미련한 녀석 같으니라고!"

사탄이 언성을 높였다.

"온전한 정신과 행복은 절대 함께할 수 없는 조합이란 것을 여태 모른단 말이야? 말짱한 정신을 가지고 행복해지는 것은 불가능하다고! 말짱한 정신으로는 삶이 현실이고 두렵다는 사실을 너무나 잘 알기 때문이야. 미친 사람만이 행복해질 수 있지만, 그렇다고 모든 미치광이가 행복한 것은 아니야. 자신을 왕이나 신으로 착각하는 극소수 사람만이 행복할 뿐이고, 나머지는 온전한 사람보다 행복하지 않아. 물론, 모든 순간 완벽히 제정신을 유지하는 사람은 없어. 나처럼 극단적인 경우는 없다고."

"나는 피터 신부님에게서 이른바 인간의 '정신'이라는 쓸모없는 것을 빼버렸어. 그리고 그 깡통 같은 인생에 약간 화려한 허구를 집어넣은 것뿐이야. 너도 봤으면서 나를 비난하는 거야? 나는 분명히 말했어. 피터 신부님이 영원히 행복하도록 해주겠다고. 나는 약속을 지켰어. 인간의 방식으로 행복해지는 길은 그것밖에 없었던 말이야. 그런데도 넌 불만뿐이구나!"

사탄은 허탈한 한숨을 내쉬고는 말을 이었다.

"인간은 기쁨에 너무나 인색한 족속인 것 같아."

상황은 이렇게 끝났다. 사탄은 누군가에게 호의를 베푸는 방법이 그를 죽이거나 미치광이로 만드는 것뿐이라고 생각했다. 나는 사탄에게 최대한 사과했지만, 사탄의 방식이 썩 마음에 들지는 않았다. 당시로써는 그랬다.

사탄은 습관처럼 이야기했다. 인간은 끊임없이 자기 자신을 기만하며 살아간다고. 인간은 태어날 때부터 죽는 순간까지 진짜 같은 가짜와 망상에 현혹되고, 결과적으로 자신의 모든 인생을 가짜로 만들어버린다고 했다. 인간 스스로 뛰어난 점이라고 자랑하는 것 중에도 진짜 장점은 하나가 있을까 말까라고도 했다. 인간은 스스로 황금이라 생각하지만, 겨우 놋쇠에 불과한 존재라고도 했다. 어느 날 사탄은 유머 감각에 대해 이런 맥락으로 설명했다. 나는 용기를 내 인간에게는 유머 감각이 있다고 주장했다.

"인간은 항상 그런 식이야. 툭하면 없는 것을 있다고 주장하고, 한 줌밖에 안 되는 놋쇠를 1톤짜리 금싸라기라고 착각해. 인간의 유머 감각은 그야말로 똥개 수준이야. 대개가 그래. 저질의 꼴같잖은 것에서 웃음거리를 찾아내고는 유머라고 생각하지. 인간의 유머는 너무나 이상한 것들뿐이야. 엽기적이고 황당무계하고, 쓴웃음을 짓게 하는 것들뿐…… 고급스러운 웃음거리가 세상에 차고 넘치는데, 따분한 시각 때문에 빛을 보지 못하고 있어. 언젠가 인간은 사람들의 유머가 유치하다는 것을 알아차리고 서로 비웃게 되겠지. 과연 그때가 되면 유치한 유머는 완전히 소탕될까?"

"빈곤한 인간에게 진정으로 확실하고 효과적인 무기가 있다면, 그것은 바로 웃음이야. 권력, 돈, 설득, 탄원, 박해……, 이런 것들은 엄청난 속임수의 도구가 될 수 있지만, 세월이 흐를수록, 힘을 잃어가게 돼. 하지만 웃음은 어떤 속임수도 단숨에 깨뜨리고 분해해버릴 수 있어. 웃음의 공격을 견뎌낼 수 있는 것은 아무것도 없거든. 너희는 소동을 일으키거나 싸울 때 늘 이런저런 무기를 동원하잖아? 그런데 웃음을 무기로 사용해본 적은 있니? 아마 없을 거야. 너희는 웃음을 녹슬도록 버려두고 있어. 모든 인간이 다 마찬가지야. 인간은 유머 감각도 없고, 유머를 사용할 용기도 부족해."

어디론가 이동 중이던 우리는 인도의 한 소도시에서 멈췄다. 어떤 마술사가 주민들 앞에서 묘기를 부리고 있었다. 정말 놀라운 묘기였지만, 사탄을 이길 수는 없다고 나는 생각했다. 내가 사탄에게 실력을 좀 뽐내보라고 사정사정하자 그는 알았다고 고개를 끄덕였다. 사탄은 현지인처럼 터번을 쓰고 허리춤에 긴 천을 동여맨 차림으로 변신했다. 그런 다음 내게 당장 필요한 인도어 몇 마디를 차근차근 설명해주었다.

마술사는 씨앗 하나를 보여준 뒤 작은 화분에 넣어 흙으로 덮었다. 그리고 화분을 천으로 덮었다. 1분 뒤 천이 솟아오르기 시작했고, 10분 뒤에는 1피트(역주 : 약 31센티미터) 높이가 되었다. 천을 치우자 작은 나무가 모습을 드러냈는데 잎이 무성하고 잘 익은 과일이 열려 있었다. 과일을 맛보니 아주 달았다. 이때 사탄이 마술사에게 물었다.

"왜 화분을 가렸나요? 빛이 비치는 데서는 나무를 자라게 할 수 없어서인가요?"

"그것은 아니요. 화분을 가리지 않고서는 아무도 이렇게 할 수 없소."

"당신은 풋내기로군요. 마술의 세계를 잘 모르나 본데……. 나한테 그 씨앗 좀 줘 봐요. 내가 제대로 보여주겠소."

사탄이 씨를 받으며 물었다.

"내가 이 씨로 무엇을 만들어낼까요?"

"그것은 체리 씨니까, 당연히 체리나무를 만들어내겠지."

"오, 아니야. 그것은 너무 시시하지. 초보자도 그것은 할 수 있겠다. 이 씨앗으로 오렌지 나무를 만들어볼까?"

"그렇게 해보시지!"

마술사가 비웃었다.

"오렌지뿐만 아니라 다른 열매도 맺게 하면 어떨까?"

"신께서 허락하신다면야!"

이번에는 모든 사람이 깔깔거렸다.

사탄은 씨앗을 땅바닥에 놓고 먼지 한 주먹을 끼얹었다. 그리고는 "일어서!"라고 말했다. 그러자 가느다란 줄기가 급속히 솟아나기 시작했다. 굉장히 빠른 속도로 쑥쑥 자란 줄기는 5분 뒤에는 커다란 나무가 되었고 우리가 앉은 자리에 나무그늘을 드리웠다. 여기저기서 감탄사와 수군대는 소리가 터져 나왔다. 이윽고 모든 시선이 일제히 한 곳을 향했다. 거기에는 그림같이 신기하고 아름다운 광경이 펼쳐져 있었는데, 가지에 온갖 종류의 열매가 주렁주렁 열려 있는 것이었다. 오렌지, 포도, 바나나, 복숭아, 체리, 살구……. 저마다 바구니를 들고 와 부지런히 열매를 따기 시작했다. 사람들은 사탄을 에워싸고 그의 손에 정신없이 입을 맞추었다. 찬사를 늘어놓으며 흥분을 가라앉히지 못했다. 사탄을 마술사의 왕자라고 부르는 사람도 있었다. 이 소식은 발 빠르게 온 동네로 퍼져나갔다. 이윽고 진귀한 장면을 보려고 모든 사람이 헐레벌떡 달려 나왔다. 바구니를 가져오는 것도 잊지 않았다. 때맞춰 나무는 이미 따서 없어진 열매들을 급속도로 다시 만들어내고 있었다. 수십 개, 아니 수백 개의 바구니가 와도 열매는 한결같이 가득 열려 있었다. 이때 하얀 아마포 옷에 햇빛 가리개를 뒤집어쓴 외국인이 나타나 성난 목소리로 고함을 질렀다.

"여기서 썩 물러가지 못해! 꺼지라고, 이 개자식들아! 이 나무는 내 땅에 심겼으니 내 재산이란 말이다!"

사람들은 바구니를 내려놓고 순순히 허리를 굽혔다. 사탄도 이 나라 풍습대로 두 손을 이마에 모으고 허리를 굽혔다. 그는 말했다.

"선생님, 한 시간만 이들이 즐길 수 있도록 허락해주십시오. 딱 한 시간이면 충분합니다. 한 시간 뒤에는 이들을 쫓아내셔도 좋습니다. 그때까지 기다려주시면, 선생님과 이 나라가 1년 동안 먹어도 남을 만큼 많은 과일을 수확하실 수 있게 해드리겠습니다."

외국인이 화를 내며 소리쳤다.

"부랑자 주제에! 넌 대체 누구냐? 이놈들이 무엇을 할지 말지는 네 주인한테나 가서 말해라!"

외국인은 지팡이로 사탄을 때린 것도 모자라 발로 걷어찼다.

그때였다. 가지에 달려 있던 열매들이 모두 썩고 나뭇잎도 모조리 시들어 땅에 떨어져버렸다. 외국인은 깜짝 놀란 표정으로 헐벗은 가지들을 멍하니 쳐다보았다. 기분이 좋아 보이지는 않았다. 사탄이 말했다.

"당신은 이 나무를 잘 보살펴야 할 것이오. 나무의 상태와 당신의 건강은 이제 같은 운명이 되었소. 이 나무는 다시는 열매를 맺지 않을 것이나, 당신이 정성껏 보살핀다면 오래는 살 것이오. 매일 밤 한 시간에 한 번씩 뿌리에 물을 주시오. 당신이 직접 해야 하오. 다른 사람이 대신해서도 안 되고 낮에 물을 주어도 안 되오. 한 번이라도 그 일을 거르면, 나무도 죽고 당신도 죽을 거요. 앞으로 고국에 있는 당신 집에도 가서는 안 되오. 물론 가지도 않겠지만. 밤에 집 밖으로 나가야 하는 사업이나 취미 활동은 할 수 없소. 그럴 위험을 감수할 형편도 못 되겠지. 이 땅을 팔거나 빌려줘도 안 되오. 그것은 현명하지 못한 일이오."

외국인은 여전히 오만한 표정으로 용서를 구하지 않은 채 버티고 있었다. 그러나 오래 버티지 못하고 당장 잘못을 인정하고 빌 것 같았다. 그가 멍하니 서서 사탄을 바라보고 있을 때였다. 우리는 연기처럼 감쪽같이 사라져버렸다. 그리고 나서 도착한 곳은 실론 섬이었다.

나는 그 외국인이 불쌍했다. 습관대로라면 사탄은 그를 죽이거나 바보로 만들었어야 하는데 그러지 않은 것이 오히려 안타까웠다. 사탄에게 그것은 자비였을까? 사탄이 내 생각을 읽고 사정을 설명해주었다.

"내가 그렇게 한 것은 그의 아내 때문이었어. 아내한테는 유감이 없거든. 아내는 지금 고향인 포르투갈에서 남편을 보러 가는 중이야. 아내는 건강하지만 그리 오래 살 운명은 아니지. 평소 멀리 있는 남편을 너무나 그리워했는데, 이번에는 남편을 설득할 거야. 내년에 자기와 함께 고향으로 돌아가자고 말이야. 하지만 남편이 그 땅을 떠날 수 없다는 사실도 모른 채 죽을 거야."

"그 사람은 아내에게 사실을 말해주지 않아?"

"그 사람? 그는 누구에게도 자기 비밀을 털어놓지 않아. 언젠가 포르투갈에서 온 하인들이 수군거리는 이야기를 듣게 된다면, 자신의 잠꼬대 때문에 비밀이 누설되었다고 생각할 수는 있겠지."

"그때 현장에 있었던 사람들은 네가 포르투갈 사람한테 한 말을 이해 못 한 거야?"

"아무도 이해하지 못했어. 하지만 누군가 이해했을지 모른다는 생각에 그는 늘 불안에 떨 거야. 두려움이 그를 지독히도 괴롭히겠지. 사실 그는 현지인들에게 아주 가혹한 주인 행세를 하고 있었거든. 그는 밤마다 현지인들이 자기 나무를 도끼로 패는 꿈을 꿀 거야. 낮에도 그런 상상으로 늘 안절부절못할 거고. 나는 그의 밤을 어떻게 꾸밀지 이미 계획해두었어."

나는 약간 슬펐다. 남의 불행을 계획하고는 즐거워하는 모습이 너무나 사악해 보였다.

"그 사람은 네가 한 말을 믿을까?"

"처음에는 믿지 않았어. 하지만 믿을 만한 정황은 충분했지. 우리가 갑자기 사라진 것도 그렇고, 전에 없던 나무가 떡 하니 생긴 것도 이상하거든. 엉뚱하고 괴괴망측한 온갖 열매가 열렸다가 갑자기 시든 것도 그렇고 말이야. 그의 처지에서 생각하고 판단해보건대, 한 가지는 분명해. 그는 결국 나무에 물을 줄 거야. 하지만 밤이 되기 전에, 일단 다른 대책을 모색해볼 거야. 당연히 그러겠지."

"그게 뭔데?"

"성직자를 불러서 나무에 붙은 마귀를 쫓아내 달라고 할 거야. 너희 인간은 정말 웃기는 족속이라니까!"

"그럼 성직자한테 비밀을 털어놓는 거야?"

"아니야. 나무에 마귀를 씌운 것은 봄베이(역주 : 지금은 '뭄바이'로 개명되었지만 이 이야기의 시대에 따라 당시 이름을 그대로 사용한다.)에서 온 마술사 짓이라고 말할 거야. 그러면서 마술사가 씌운 마귀를 나무에서 쫓아내 달라고 하지. 예전처럼 나무가 쭉쭉 자라 주렁주렁 열매를 맺게 해달라고 말이야. 하지만 성직자의 주문은 효과가 없을 거야. 그때 비로소 포르투갈 사람은 포기하고 나무에 물을 주게 되지."

"하지만 성직자라면 마귀 들린 나무를 불에 태우지 않을까? 내가 알기에는 그래. 성직자는 마귀 들린 나무를 그냥 놔두지 않는다고."

"맞아. 유럽의 성직자라면 나무뿐만 아니라 그 사람 역시 불에 태우겠지. 하지만 인도 사람은 문명화되어서 그런 짓을 하지 않아. 포르투갈 사람은 성직자를 쫓아내고 나무를 잘 보살필 거야."

나는 잠시 상념에 젖었다.

"사탄, 너는 그 남자한테 너무나 힘겨운 삶을 안겨주었어."

"비교적 힘들 수 있어. 하지만 인생이 축제라고 착각하면 안 돼!"

우리는 예전처럼 세계 방방곡곡을 쌩쌩 날아다녔다. 사탄이 보여준 놀라운 일들은 대부분 연약하고 추한 인간의 자화상을 적나라하게 드러내는 것이었다. 이런 일은 며칠마다 되풀이되었다. 나쁜 뜻은 없었다고 믿지만, 사탄은 이를 좋아하고 즐기는 것 같았다. 나는 사탄이 개미 수집을 좋아하고 즐기는 박물(博物)학자 같다는 생각을 했다.

11

사탄은 약 1년간 꾸준히 나를 찾아왔다. 그 후 조금씩 발길이 뜸해졌고, 한 번도 나타나지 않은 지가 아주 오래되었다. 사탄이 없을 때 나는 늘 외롭고 울적했다. 어쩌면 그는 이 좁은 세상이 시시해져서 언젠가는 완전히 발길을 끊을지도 모른다고 생각했다.

그러던 어느 날 사탄이 찾아왔다. 이루 말할 수 없이 기뻤다. 하지만 그가 머문 시간은 너무나 짧았다. 사탄은 이번이 마지막이라고 했다. 작별 인사를 하러 온 것이었다. 그동안은 다른 은하계를 구석구석 탐험하며 임무를 수행하느라 바빠서 오지 못했다고 했다.

"그럼 이제 너는 완전히 떠나는 거야? 다시는 돌아오지 않을 거야?"

"그래. 우리가 오랫동안 함께한 것은 참 즐거웠어. 우리 둘 다 그랬지……. 하지만 나는 이제 떠나야 해. 다시는 만날 수 없어."

"이생에서는 못 만난다 해도 다음 생에서는 어때? 다음 생에서는 만나겠지? 그렇지?"

내 물음에 사탄은 아주 조용히, 그리고 진지하게 답했다. 그는 정말 이상한 말을 했다.

"다른 생은 없어."

어떤 미묘한 기운이 나를 덮쳤다. 막연했지만, 축복과 희망이 느껴졌다. 축복과 희망이라니! 이런 말도 안 되는 표현이 가당치는 모르겠지만……, 아니 분명 그런 느낌이었다.

"테오도르, 내 말을 의심하는 거야?"

"아니야. 내가 감히 어떻게……? 다만, 그게 사실이라면……."

"사실이야."

사실이라는 말을 듣는 순간 심장이 엄청난 기쁨으로 방망이질 쳤다. 감사의 말을 하려던 찰나 한 줄기 의혹이 스쳤다.

"그런데 지난번에 우리가 함께 다음 세상을 보았잖아. 그때 본 다음 세상은 정말 진짜처럼 생생했단 말이야. 게다가……."

"그것은 환상이었어. 실제 존재하는 것이 아니야."

커다란 희망이 부풀어 올라 숨이 막힐 것만 같았다.

"환상이라고? 화……안……."

"인생 자체가 환상일 뿐이야. 그냥 꿈이라고."

이번에는 온몸에 전기가 통하는 듯 찌릿했다. 맙소사! 그동안 나 혼자 수천 번 이상 되뇌던 생각이 아닌가!

"존재하는 것은 아무것도 없어. 모두가 꿈이야. 신, 인간, 세상, 태양, 달, 은하계 등등 모든 것이 꿈이야. 그것들은 존재하지 않아. 텅 빈 우주 외에는 아무것도 없어. 너도 마찬가지야!"

"나도?"

"너는 네가 아니야. 살도, 피도, 뼈도 존재하지 않아. 너는 그냥 어떤 생각에 불과해. 나 역시 존재하지 않아. 나는 그냥 꿈이야. 네 상상력이 만들어낸 꿈 말이야. 잠시 후 너는 깨닫게 될 거야. 그러면 너는 네 환상에서 나를 몰아낼 것이고, 나는 무(無)로 돌아가게 돼. 네가 나를 만들어내기 전의 상태로……."

"나는 이미 소멸하고 있어. 점점 약해지고 죽어가고 있다고. 잠시 후 너는 끝도 없는 허허벌판에 홀로 외롭게 서 있을 거야. 그리고 친구도 동반자도 없이 영원히 고독을 즐기며 방황하게 될 거야. 왜냐하면 너는 생각으로만 존재하기 때문이야. 생각만이 유일하게 실존하고, 소멸하지 않고, 파괴되지 않는 것이니까. 나는 네가 부린 형편없는 하인으로 네 실체를 드러내고 네게 자유를 주었어. 테오도르, 이제는 다른 꿈을 꾸어봐. 좀 더 나은 것으로 말이야!"

"이상한 이야기 하나 말해줄까? 너는 과거의 세월이 존재하지 않았다고 생각해서는 안 돼. 수백 년 전에도, 수천 년 전에도, 수억 년 전에도 너는 그 모든 영겁의 세월 동안 홀로 존재했거든. 이 우주와 우주 속의 모든 존재가 그저 꿈이고 환상이고 허구라는 것도 이상하지만, 그 모든 것이 너무나 적나라하고 너무나 기괴하게 병적인 것은 더더욱 이상한 사실이지. 사실 모든 꿈이 그렇지 않아? 가령, 신은 착한 자녀들을 쉽게 나쁜 자식으로 만들 수 있어. 또 그러고 싶어 해. 신은 모든 자식을 행복하게 해줄 수도 있지만, 단 한 사람도 행복하게 내버려두지 않아. 아무리 노력해보았자, 신의 자녀들에게 돌아오는 대가는 고작 고달픈 인생뿐이야. 그리고 그런 인생마저도 짧게 끝나버려. 정말 인색하게 말이야."

　　"신은 천사들에게는 영원한 행복을 거저 주면서, 자식들에게는 스스로 노력해서 행복한 인생을 얻어내라고 해. 천사들에게는 고통 없는 삶을 주면서, 자식들에게는 지독한 불행과 몸과 마음의 병을 주며 저주해. 신은 세상에 지옥을 만들어 놓고, 정의와 자비를 떠들어대지. 이 지옥 같은 세상을 만들어 놓고는 황금률 운운하면서 일흔 번의 일곱 번씩 남을 용서하라고 해. 신은 또 인간들에게 도덕 운운하면서 정작 자기들의 도덕은 만들지 않았어. 신은 인간의 죄에 눈살을 찌푸리지만, 모든 인간에게 죄를 짓게 했지. 신은 부탁하지도 않았는데 인간을 창조했어. 그리고 인간의 근본인 신의 위대한 반열에 세우기는커녕, 다른 인간에 대한 책임감으로 질질 끌려다니게 만들었어. 가장 끔찍한 것이 무엇인 줄 알아? 신은 너무나 둔감하여 자기 백성이 이렇게 학대당하는 가엾은 노예인 줄도 모르고 그들에게 자기를 경배하라고 강요한다는 사실이야."

"이제 알겠니? 이 모든 것은 꿈속이 아니라면 절대 있을 수 없는 일이야. 한낱 순진하고 유치한 광기에 불과하지. 인간의 상상력은 이것이 괴물인 줄도 모르고 만들어냈어. 그것은 한마디로 바보 같은 허상이고, 꿈이야! 그 꿈을 만들어낸 사람은 바로 너 자신이고. 그것이 꿈이라는 증거는 얼마든지 널려 있어. 너는 좀 더 일찍 그것을 알아차려야 했어."

"내가 말한 것은 모두 사실이야. 신도, 우주도, 인간도, 인생도, 천국도, 지옥도 아무것도 없어. 그것은 모두 꿈이야. 게다가 아주 괴상망측하고 얼빠진 꿈이지. 너 말고는 아무것도 존재하지 않아. 그리고 너는 하나의 생각에 불과해. 여기저기 떠도는 생각, 쓸모없고 정처 없는 생각, 텅 빈 영원의 세월을 쓸쓸히 방랑하는 생각 말이야."

사탄은 떠났고, 나는 충격으로 등골이 오싹해졌다. 그가 말한 것은 모두 사실이었기 때문이다.

Mark Twain

우화

아주 오랜 옛날 한 예술가가 있었다. 그는 아주 아름답고 조그마한 그림을 한 점 그린 뒤 거울을 통해 감상할 수 있도록 배치해두었다. 그리고 말했다.

"이렇게 거울을 통해서 보면 거리가 두 배 멀어져서 그림이 훨씬 부드럽게 보여. 전보다 두 배는 사랑스럽게 보이는군."

숲 속에 사는 짐승들이 집괭이를 통해 새로운 그림이 탄생했다는 소식을 전해 들었다. 짐승들은 평소 그 고양이를 매우 존경했다. 지식과 교양을 두루 갖춘 데다가 무척 예의 바르고 세련된 감성으로 자기들이 몰랐던 사실들과 평소 궁금했던 이야기를 속 시원히 설명해주곤 했기 때문이다. 이번에도 짐승들은 놀라운 소식을 듣고 흥분을 감추지 못했다. 궁금해서 미치겠다는 듯 쉴 새 없이 질문을 퍼부었다.

그림이 어땠는지 묻자 고양이가 설명했다.

"반듯하답니다. 정말 이상할 정도로 놀랍고, 황홀할 정도로 반듯하고 우아해요. 그리고 오! 정말 아름다워요!"

짐승들은 흥분에 들떠 온몸을 들썩였다. 그곳은 거의 광란의 도가니였다. 이들은 무슨 일이 있어도 그 그림을 꼭 보고야 말겠다는 강한 의지를 드러냈다. 그때 곰이 물어보았다.

"뭐가 그리 아름다운가요?"

"그림의 표정이 참 아름답답니다."

고양이가 대답했다.

이 말에 짐승들은 감탄을 금치 못했고 더더욱 궁금해서 미칠 지경이었다. 흥분이 한층 고조되었다. 암소가 질문을 던졌다.

"거울이 뭐예요?"

"벽에 난 구멍이랍니다. 구멍 안을 들여다보면 그림이 보일 거예요. 어찌나 앙증맞고 매력적이고 신비한지, 상상할 수도 없이 아름답답니다. 그림을 보면 머리가 팽팽 돌고 너무 황홀해서 기절할지도 몰라요."

아직 한마디도 하지 않은 짐승이 있었으니, 그는 바로 당나귀였다. 당나귀는 하나하나 의혹을 제기하기 시작했다. 이전에도 고양이가 설명한 것과 같이 아름다운 것은 없었기 때문에, 이번에도 아름답지 않은 것이 틀림없다고 말했다. 게다가 고양이가 그렇게 많은 수식어를 줄줄이 늘어놓으며 아름다움을 부각하려고 하는 것 자체가 대단히 수상쩍다고 설명했다.

당나귀가 제시한 의혹에 짐승들은 금세 솔깃하여 술렁거렸다. 고양이는 기분이 상해서 자리를 떠버렸다. 새로운 그림에 관한 이야기는 한 이틀간 쏙 들어갔지만, 그동안에도 궁금증은 다시금 고개를 내밀고 식었던 관심도 다시 끓어오르기 시작했다. 이윽고 짐승들은 당나귀 때문에 즐거운 구경거리를 놓쳤다며 그에게 발길질하고 물어뜯으며 못살게 굴었다. 그림이 아름답지 않다는 증거도 없는데, 당나귀가 괜한 의혹을 던졌다며 분통을 터뜨렸다. 당나귀는 당황하지 않고 침착하게 이야기를 꺼냈다. 고양이가 옳은지 자기가 옳은지 확인할 방법이 있다는 것이었다. 당나귀는 자기가 가서 구멍 안을 들여다보고 결과를 보고하겠다며 그들을 달랬다. 이에 짐승들은 마음이 풀어져서 고마워하기까지 했다. 당장 가보라는 요구에 당나귀는 쏜살같이 달려갔다.

그런데 당나귀는 어느 위치에 서서 보아야 할지 몰랐다. 그리하여 실수로 그림과 거울 사이에 서고 말았다. 결과적으로 그림은 당나귀의 눈에 띌 가망이 전혀 없었다. 당나귀는 돌아가 자기가 본 것을 그대로 전했다.

"고양이가 거짓말을 했더군요. 구멍 안에는 당나귀 외에는 아무것도 없었어요. 반듯한 것은커녕, 그런 흔적도 보이지 않았답니다. 당나귀가 잘생기고 훈훈하긴 했지만, 그래 보았자 당나귀이지 뭐겠어요?"

코끼리가 입을 열었다.

"제대로 확실히 본 것 맞아? 얼마나 가까이서 보았지?"

"맹수의 왕 하띠님, 저는 제대로 확실히 보았답니다. 당나귀의 코를 만져볼 정도로 아주 가까이 있었지요."

"정말 이상한 일이군. 지금까지 고양이는 늘 정직했는데. 우리가 판단한 바로는 그랬어. 다른 짐승의 말도 들어봐야겠군. 발루! 네가 가서 구멍 안을 들여다보고 사실대로 보고해!"

그리하여 곰은 자기가 본 것을 보고했다.

"고양이도 당나귀도 모두 거짓말한 거였습니다. 구멍 안에는 곰 한 마리 외에는 아무것도 없었어요."

짐승들은 뜻밖의 소리에 너무나 놀라고 당황스러웠다. 혹시 다음에는 자기가 진상을 파악하는 시험대에 오르게 될까 봐 모두 좌불안석이었다. 코끼리는 한 마리씩 불러서 임무를 맡겼다.

먼저, 암소였다. 암소는 구멍에서 암소만 보았다.

다음으로, 호랑이는 호랑이만 보았다.

사자는 사자만 보았다.

표범은 표범만 보았다.

낙타는 낙타만 보았다.

이에 몹시 격분한 코끼리 하띠가 직접 진실을 알아보겠다고 나섰다. 현장을 보고 돌아온 하띠는 거짓말쟁이들의 행실을 낱낱이 열거하며 욕설을 퍼부었다. 그리고 도덕도 생각도 없는 고양이에 대해 분을 삭이지 못했다.

아무리 근시안의 바보라 해도 구멍 안에는 코끼리밖에 없다는 사실을 모르지 않을 것이라며 코끼리는 흥분했다.

'고양이의 교훈'

글에서 무슨 메시지를 얻든지 간에 당신은 그 메시지와 당신의 상상력이라는 거울 사이에 설 것이다. 당신은 당신의 귀를 보지 못하지만, 귀는 항상 그 자리에 있을 것이다.

Mark Twain

기만적인 칠면조 사냥

내 어린 시절, 삼촌과 삼촌의 아들들은 사냥할 때 라이플총을 들고 나갔다. 막내인 프레드와 내게는 우리 덩치에 맞는 작달막한 엽총이 허락되었다. 무게가 빗자루만 한 엽총이었다. 프레드와 나는 엽총하나를 교대로 사용했는데, 한 번 들고 나갈 때마다 30분씩 사용할수 있었다. 나는 엽총을 쏘지는 못했지만, 엽총 사냥이 마냥 좋았다. 프레드와 나는 조그마한 조류 위주의 사냥감을 노렸고, 삼촌과 사촌형들은 사슴, 다람쥐, 야생 칠면조 등을 사냥감으로 찍었다. 삼촌과사촌 형들은 사격 실력이 제법 좋아서 매나 기러기처럼 하늘을 날아다니는 새도 명중시키곤 했다. 하지만 다람쥐는 상처를 입히거나 죽이지 않고 그냥 기절만 시켰다.

　개들을 풀어 다람쥐를 한곳으로 몰면 다람쥐는 높은 곳으로 날쌔게 몸을 피해 전력을 다해 달음박질한 뒤 납작하게 몸을 엎드린다. 아무에게도 눈에 띄지 않기를 바라지만, 그 바람은 대개 실패로 돌아간다. 왜냐하면 위로 쫑긋이 튀어나온 아주 조그마한 귀 때문이다. 사냥꾼은 다람쥐의 코가 보이지 않지만 어디에 있는지는 가늠할 수 있다. 그러면 '잠자고' 있던 라이플총을 들고 일어나 곧바로 다람쥐를 향해 겨눈 다음, 즉시 코 아래로 총알을 한 방 날린다. 그러면 다람쥐는 다친 곳 하나 없이, 의식을 잃고 아래로 굴러떨어진다. 개들이 달려가 다람쥐를 한 번 흔들어보고는 움직임이 없는 것을 확인한다. 때로는 거리가 너무 멀고, 바람의 방향을 정확히 가늠하지 못해서 총알이 다람쥐의 머리를 관통할 때도 있다. 그런 경우 죽은 다람쥐는 개들의 차지가 된다. 자존심이 상한 사냥꾼이 죽은 다람쥐를 버리고 가기 때문이다.

새벽의 첫 미명이 어슴푸레하게 피어오를 무렵, 엄청나게 많은 야생 칠면조 무리가 위풍당당하게 거리를 활보했다. 그들은 다른 곳에서 온 떠돌이 칠면조들이 같이 놀자는 초대에 흔쾌히 동의하며 어울릴 것이다. 그때 숨어 있던 사냥꾼이 칠면조의 다리뼈에 입을 대고 공기를 들이마신 뒤 칠면조 소리를 흉내 내어 칠면조들을 불렀다. 여기에 사용된 다리뼈는 지난번에 잡은 칠면조의 것이다. 사냥꾼의 가짜 신호에 속아서 잡힌 뒤 이를 후회하자마자 숨을 거둔 칠면조였다. 칠면조 소리를 흉내 내는 데 칠면조의 다리뼈만큼 완벽한

212

도구는 없다.

자연의 속임수는 이것 말고도 더 있다. 곧 알게 될 것이다. 자연은 그야말로 온갖 음모와 술수로 가득하다. 자연은 자기 새끼를 버려야 할지 보호해야 할지, 과연 무엇이 최선인지 모르는 경우가 태반이다. 칠면조의 경우는 좀 복잡하다. 칠면조의 뼈는 곤경에 휩싸이는 화근이 되기도 하고, 곤경에서 빠져나가기 위한 속임수로 사용되기도 한다. 한 어미 칠면조가 가짜 칠면조의 부름에 따라갔다가 실수임을 깨닫는다. 그러면 예전에 만난 적이 있는 자고새 흉내를 내며 절뚝거리고 재빨리 달아난다. 원래부터 절름발이인 것처럼 말이다. 어미 칠면조는 아직 눈에 띄지 않은 새끼들에게 이렇게 말한다.

"다들 엎드리고 움직이지 말고 숨어 있어. 어미는 저 허름한 사기꾼을 유인해 이 땅에서 내쫓고 곧바로 돌아갈 테니."

무지하고 남을 쉽게 믿는 사람인 경우, 이런 부도덕한 설정은 골치 아픈 결과로 이어질 수 있다. 어느 날 아침, 나는 절름발이처럼 보이는 한 칠면조의 뒤를 쫓아 미국의 여기저기를 돌아다닌 적이 있었다. 나는 그 칠면조를 믿었다. 평소부터 칠면조는 정직한 조류라고 철석같이 믿고 있었다. 그런 정직한 칠면조가 나 같은 철부지 소년을 속이리라고는 조금도 생각하지 못했다. 내게는 조그마한 엽총이 있었으나 생포할 생각이었다. 나는 여러 차례 녀석을 덮칠 만큼 가까이 다가갔다. 그때마다 잽싸게 몸을 날려 칠면조의 뒤꽁무니가 있는 곳에 팔을 휘둘렀지만, 번번이 잡히지 않았다. 칠면조는 항상 나보다 2에서 3인치 앞에 떨어져 있었다. 나는 일어서서 배 위에 떨어진 칠면조의 깃털을 털어냈다. 간발의 차이였지만, 조금 모자랐다. 잡힐 만큼은 아니었지만, 다음번에는 꼭 잡힐 것이라는 확신이 들 만큼 항상 가까이 있었다.

정말이지 칠면조는 아주 약간 앞에서 나를 기다렸다. 계속 그랬다. 자기는 지금 쉬고 있고 너무나 피곤하다고 말하고 있었다. 나는 그 거짓말에 감쪽같이 속아 넘어갔다. 나는 한결같이 칠면조가 정직하다고 믿고 있었다. 하지만 나는 칠면조의 정직함을 일찌감치 의심해야 했고, 그 고매한 조류가 연기를 하고 있다는 것은 말도 안 된다는 생각을 떨쳐버려야 했다. 나는 칠면조를 쫓고 또 쫓으면서 주기적으로 몸을 날렸다. 그리고 몸을 일으켜 먼지를 털어낸 뒤 또다시 인내심과 확신을 가지고 같은 과정을 처음부터 되풀이했다. 사실, 내 확신이 점점 더 강해진 이유가 있었다. 어느덧 날씨와 초목의 색깔이 점점 바뀌어, 우리는 고위도 지역으로 올라가고 있었는데, 매번 공격할 때마다 칠면조는 조금씩 더 기진맥진해지고 풀이 죽어 보였던 것이다. 그래서 나는 이 게임은 떼놓은 당상이라고 판단했다. 끝까지 힘을 유지하는 것이 관건인데, 칠면조는 절름발이이니 처음부터 내가 유리한 게임이라고 생각했다.

오후가 되자 극심한 피로가 몰려오기 시작했다. 처음 이 여정을

214

시작한 뒤로 열 시간이 넘는 동안 칠면조나 나나 한순간도 쉬지 못했다. 그리하여 나는 몇 차례 공격을 감행한 뒤 잠시 쉬면서 사색에 잠겼다. 우리는 피차 이 게임에 그다지 진지하지 않았다. 상대방이 먼저 이 게임을 중단하기를 기다렸지만, 어느 쪽도 급하지는 않았다. 양쪽 다 뜻밖에 얻은 잠깐의 휴식을 정말 황송해 하며 즐기고 있었기 때문이다. 정말 그럴 만도 했던 것이, 새벽부터 오후가 지날 때까지 우리는 아무것도 먹지 못한 채 실랑이를 벌이고 있었다. 적어도 나는 그랬다. 칠면조는 하다못해 이따금 옆으로 돌아누워 날개를 퍼덕거리며 이 난관을 헤쳐 나갈 힘을 구했고, 때맞춰 우연히 나타난 메뚜기를 잡아먹기도 했다. 칠면조로서는 다행스러운 일이었지만, 나는 정말 온종일 아무것도 먹지 못했다.

극심한 피로를 느낀 게 한두 번이 아니었다. 그래서 칠면조를 생포하려는 계획을 포기하고 총을 쏠까도 생각해보았다. 그 생각이 옳았지만 나는 총을 쏘지 못했다. 칠면조에게 총알을 맞힐 자신이 없었다. 게다가 내가 총을 들 때마다 칠면조는 그대로 멈췄는데, 녀석이 내 사격 솜씨를 잘 알고 있는 것이 아닌가 하는 의혹마저 들었다. 굳이 내 실력을 노출할 필요는 없었다.

나는 결국 칠면조를 붙잡지 못했다. 마침내 이 무모한 게임에 녀석이 지쳐버린 것이다. 녀석은 거의 내 손에 잡힐 만큼 가까이 있었다. 그런데 별안간 벌떡 솟아올라 마치 고둥처럼 윙윙 소리를 내며 슝 날아오르는 것이었다. 녀석은 대번에 커다란 나무의 꼭대기에 다리를 꼬고 앉고는 나를 내려다보며 지긋이 미소를 날렸다. 깜짝 놀라는 내 모습에 아주 흐뭇해하는 것 같았다.

나는 창피했다. 뭐가 어떻게 된 것인지 아무 생각도 떠오르지 않았다. 숲을 배회하며 정신을 차리고 있던 가운데 버려진 통나무집을 발견했다. 그곳에서 나는 내 인생을 통틀어 최고의 식사를 만끽했다. 잡초가 우거진 정원에 잘 익은 토마토가 주렁주렁 열려 있었다. 나는 그 토마토를 게걸스럽게 먹어댔다. 평소에 좋아하지도 않은 토마토를 말이다. 그 토마토처럼 무언가를 정말 맛있게 먹었던 적은 내 인생에 두세 번도 안 될 것 같다. 그때 어찌나 많은 토마토를 먹었던지 그 후 중년이 될 때까지 나는 토마토에는 입도 대지 않았다. 지금은 토마토를 먹을 수는 있지만, 보고 싶지는 않다.

누구나 한두 번쯤 폭식의 경험이 있을 것이다. 어느 날 나는 극심한 스트레스에 시달리고 있었는데 곁에는 정어리 통조림밖에 없었다. 그때 나는 정어리 한 통을 거의 다 먹어치웠다. 그런 일이 있고 난 뒤에는 정어리가 없어도 아무 탈 없이 잘 지낼 수 있게 되었다.

216

Mark Twain

맥윌리엄스 씨 댁의 도난 경보기

대화는 순조롭고 화기애애하게 흘러갔다. 날씨 이야기에서 농작물 이야기로, 문학에서 추한 소문으로, 종교로, 내키는 대로 화제를 옮기다가 결국 도난 경보기 이야기에 다다랐다. 도난 경보기 이야기가 나오자 맥윌리엄스 씨는 비로소 감정을 드러냈다. 나는 이 사람과 대화할 때면 그런 신호를 대번에 알아차리곤 한다. 그러면 나는 입을 다물고 힘든 마음을 모두 툭 털어버리도록 기회를 준다. 맥윌리엄스 씨는 감정 조절에 실패하여 다소 격앙된 어조로 말을 꺼냈다.

"트웨인 씨, 저는 도난 경보기에 단 1센트도 쓰지 않을 겁니다. 단 1센트도요. 왜 그런지 말씀드릴게요. 우리가 집을 완공한 뒤였답니다. 생각지도 못한 돈이 조금 남았더군요. 배관공이 몰라서 다행이었지, 알았다면 깡그리 가져가 버렸을 거예요. 저는 처음에 그 돈으로 이교도들을 깨우치는 데 쓰려고 했답니다. 왜 그런지 설명할 수는 없지만, 저는 이교도들이 눈엣가시처럼 늘 거슬렸거든요. 하지만 아내는 제 뜻에 동의하지 않고 도난 경보기를 장만하자고 하더군요. 저는 그 타협안에 동의했지요. 아, 타협안이라는 것은요. 제가 원하는 것과 아내가 원하는 것이 다를 때 우리는 늘 아내가 원하는 것으로 최종적으로 결정해요. 아내는 이를 타협안이라 부르죠. 우리는 늘 이런 식이랍니다."

　"뉴욕에서 전문가가 와서 도난 경보기를 설치해주고, 325달러를 청구했어요. 이제 아무 걱정 없이 발 뻗고 잘 수 있을 거라면서요. 당분간은 그랬습니다. 아마 한 달쯤 그랬을 거예요. 그러던 어느 날 밤 어디선가 담배 냄새가 나는 거예요. 일어나 가보라는 아내의 말에 저는 무슨 일인지 나가 보았어요. 초에 불을 붙이고 계단 쪽으로 걸음을 옮기는데 어떤 방에서 양철통을 들고나오는 도둑과 딱 마주친 거예요. 캄캄해서 양철을 순은으로 착각한 거였답니다. 도둑이 파이프 담배를 피우고 있어서 제가 말했지요. '이보시오, 이 방에서는 흡연이 금지되었소'라고요. 그러자 도둑은 자기는 외지인이므로 이 집의 규칙을 알 턱이 없다는 거예요. 게다가 그동안 우리 집처럼 좋은 집을 아무리 많이 다녀봤어도, 흡연을 금한 것은 우리 집이 처음이라며 항변하는 거예요. 어쨌거나 자기 경험상 그런 규칙을 도둑에게까지 적용하는 것은 무리라고 덧붙이더군요."

220

마크 트웨인의 미스터리한 이방인

"그래서 제가 말했어요. '정 관습이 그렇다면 계속 피우시오. 하지만 주교도 인정하지 않는 도둑의 권리를 주장한다는 것은 명백히 시대착오적인 일이라고 생각합니다만. 어쨌거나 백 번 양보하고 묻겠소. 대체 무슨 용무가 있어서 우리 집에 이렇게 몰래 살금살금 들어온 거요? 도난 경보기도 안 울리고 어떻게 들어왔죠?'"

"도둑은 당황스럽고 무안해 하는 것 같았어요. 약간 꾸물거리다가 이렇게 말하더군요. '뭐라 사과 말씀을 드려야 할지……. 저는 이 집에 도난 경보기가 있다는 것을 몰랐답니다. 알았다면 제가 벨을 눌렀을 거예요. 제발 이 일을 알리지 말아주세요. 연로하신 제 부모님이 아시면 어떻게 될까 두렵습니다. 우리 기독교 문명의 소중한 전통을 악의적으로 배신한 제 잘못 때문에, 연약하고 덧없는 현재와 엄숙하고 깊은 영원 사이에 간신히 매달려 있던 낡아빠진 다리가 한순간에 우르르 무너져버릴 수도 있지 않겠습니까? 실례지만, 성냥 한 개비만 주시겠습니까?'"

"저는 이렇게 말했지요. '당신의 뛰어난 감수성에는 경의를 표합니다. 그러나 제게도 말할 기회를 주신다면, 말장난으로 시간을 벌 생각인가 본데, 당신한테 비유는 그다지 좋은 무기가 되지 못한다고 말하고 싶군요. 그리고 허벅지는 아껴두세요. 제 경험이 믿을만하다면, 이런 성냥은 성냥갑에 문질러야 불이 붙지 허벅지로는 어림도 없어요. 어쨌거나 다시 용건으로 돌아가지요. 당신은 어떻게 우리 집에 들어왔습니까?"

"2층 창문으로요."

"그렇다 치고, 저는 전당포 시세로 도둑에게 양철통을 되샀어요. 도난 광고비보다는 적게 들었지요. 도둑에게 작별 인사를 고하고 창문을 닫은 다음, 사령부(아내)에게 상황을 보고했어요. 다음 날 아침 우리 부부는 경보기 전문가를 불렀어요. 전문가가 와서 설명하기를, 경보기가 '울리지' 않은 이유는 1층에만 경보기가 부착되어 있기 때문이라는 거예요. 정말 바보 같은 이유 아닌가요? 전투에 나가는 병사가 다리에만 갑옷을 두른다는 것은 맨몸으로 부딪히는 것이나 마찬가지이지요. 전문가는 2층 전체에 경보기를 설치하고는 300달러를 청구한 뒤 떠났어요. 얼마 후 이번에는 3층에서 도둑을 마주쳤답니다. 제 재산들을 잔뜩 싼 보따리를 들고 사다리로 내려가려는 중이더군요. 순간 놈의 머리를 당구 큐대로 박살을 내버리고 싶은 충동이 일었어요. 하지만 그 충동은 곧 지워버려야 했지요. 저와 큐대 사이를 놈이 가로막고 있었거든요. 처음 든 충동을 자제해야 한다는 것은 아주 정확한 판단이었어요. 저는 결국 도둑과 타협하기로 했지요. 도둑이 빼앗은 물건들을 전당포 시세에서 10퍼센트 깎은 가격으로 되샀답니다. 제 사다리를 사용한 이용료는 물어내야 했거든요. 다음 날 우리는 다시 전문가를 불러서 3층에도 경보기를 달았어요. 이번에도 300달러가 들었지요."

"이때까지, 그 '신호 장치'는 어마어마한 규모로 확대되었습니다. 경보기에 부착된 이름표는 무려 마흔일곱 개에 달했고요. 경보기가 연결된 방들이며 굴뚝들의 이름이 일일이 적혀 있었어요. 그러다 보니 경보기가 차지한 공간은 웬만한 옷장이 들어갈 정도였답니다. 우리 침대 머리맡에는 세숫대야만 한 놋쇠 벨이 부착되었고요. 집에서 마구간에 있는 마부의 숙소까지 전선이 깔렸고, 마부의 베개 곁에도 웅장한 벨이 나란히 놓여 있었지요."

"이제야말로 편안히 지낼 수 있나 싶었는데 문제가 하나 있었어요. 매일 아침 5시에 요리사가 부엌문을 여는데 그때마다 정말 째질 듯이 날카롭게 벨이 울리는 거예요! 처음 그 소리를 들었을 때 저는 세상 마지막 날이 온 줄 알았다니까요. 마지막 날을 침대에서 보낼 수 없어서 침대를 박차고 뛰쳐나왔지요. 그렇게 째르릉째르릉 섬뜩한 벨 소리를 들으면 어떻게 되는 줄 아세요? 온 집 안을 벌 떼처럼 쑤시며 마구 돌아다니게 된답니다. 그런 다음 몸을 벽에 바싹 붙이고 웅크리고 앉아 몸을 비비 꼬게 돼요. 뜨거운 난로 위에 앉은 거미 신세나 다름없어요. 누군가 부엌문을 닫을 때까지 계속 그 상태로 있어야 해요. 분명한 사실은, 그 벨 소리 소동에 견줄만한 끔찍한 소동은 어디에도 없다는 겁니다. 아무튼, 매일 아침 정확히 5시가 되면 어김없이 이런 재앙이 일어났어요. 덕분에 우리의 수면 시간은 무려 세 시간이나 강탈당했답니다. 그런 일로 잠에서 깬다는 것은 뭐랄까……, 그것은 단지 어느 부분만 깨어나는 것이 아니었어요. 의식이 깨어나고 몸과 정신의 모든 것이 깨어나는 거였지요. 물론 열여덟 시간 동안 연속해서 완전히 깨어있을 수 있다면 좋은 일이지요. 상상조차 할 수 없는 경험이지만요. 선생님도 혹시 그와 비슷한 놀라운 경험한 적 있으세요? 저는 그런 경험을 한 적이 있답니다."

"예전에 어떤 낯선 자가 우리 부부의 손아귀에 걸려 죽은 일이 있었어요. 우리는 그를 탈탈 털고 밤새 우리 방에 남기고 떠났어요. 그 낯선 자가 평범한 심판을 기다렸을까요? 아니에요. 그는 다음 날 아침 다섯 시에 최대한 신속하게, 그리고 눈에 띄지 않게 일어났어요. 저는 그럴 줄 알았지요. 충분히 가능한 일이었어요. 그는 자기 생명보험금을 챙긴 뒤 영원히 행복하게 살았답니다. 그가 죽었다는 완벽한 증거들이 사방에 널려 있었으니까요."

"아무튼, 우리 부부는 수면 부족으로 점점 시들어지며 천국을 향해 가고 있었어요. 그러다가 결국 전문가를 불렀지요. 전문가는 전선을 문밖으로 낸 다음 문밖에 스위치를 달아주더군요. 그런데 우리 집사 토마스가 항상 같은 실수를 하지 뭡니까! 그게 뭐냐면, 밤에 잠자리에 들 때는 경보기를 끄고 아침에 요리사가 부엌문을 열 때 맞춰 일어나 경보기를 켜는 거예요. 그러면 벨 소리가 온 집 안에 떠나갈 듯이 울리고 우리 부부도 온 집 안을 헤집고 돌아다녀요. 그러다가 유리창을 깬 적도 몇 번 있답니다."

"일주일쯤 이런 일을 반복하면서 우리 부부가 한 가지 깨달은 것이 있었어요. 도난 경보기는 망상이고 올가미라는 사실이었지요. 또 알게 된 사실이 있었는데, 글쎄 도둑 일당이 우리 집에 온종일 거주하고 있었던 거예요. 뭘 훔치려던 것이 아니었어요. 사실 훔칠 만한 물건도 거의 남아 있지 않았답니다. 도둑들이 우리 집에 숨어 있었던 것은 경찰을 피하기 위해서였어요. 경찰의 수사망이 좁혀오면서 굉장한 압박을 느꼈던 것이지요. 약삭빠른 도둑들이 내린 판단은 이거였어요. 미국에서 가장 으리으리하고 정교한 도난 경보기를 장착했다고 소문난 집에 설마 도둑이 피신해 있으리라고 경찰들은 감히 상상도 못할 것이라고 말이지요."

"저는 다시 전문가를 불렀어요. 이때 그가 기발한 아이디어를 생각해냈어요. 부엌문을 여는 순간 경보기가 꺼지도록 만들자는 거예요. 훌륭한 생각이었지요. 그만큼 수리비용도 비싸게 청구하더군요. 결과는 어땠을까요? 이미 짐작하고 있을지도 모르겠군요. 저는 매일 밤 잠들면서 경보기를 켜놓았어요. 토마스의 약한 기억력을 더는 믿을 수가 없었거든요. 그런데 불이 꺼지자마자 도둑들이 부엌문을 통해 걸어 들어왔고, 그 순간 경보기가 꺼졌어요. 아침에 요리사가 들어올 때까지 기다릴 필요도 없었던 거예요. 우리가 얼마나 약이 올랐는지 아시겠어요? 우리는 여러 달 동안 손님을 초대하지 못했어요. 침대가 하나도 남아나질 않았거든요. 모두 도둑님들의 차지가 되었죠."

맥윌리엄스 씨 댁의 도난 경보기

"결국에는 제가 직접 해결책을 찾았어요. 전문가를 불러 마구간까지 전선을 새로 깐 다음 마구간에 스위치를 설치하게 했어요. 마부가 경보기를 켰다, 껐다 할 수 있게 말이지요. 이 방법이 가장 효과가 좋았어요. 그때부터 무척이나 평화로운 한 철을 보냈답니다. 우리는 그동안 다시 손님들을 초대하고 인생을 즐겼어요."

"그런데 얼마 지나지 않아 경보기가 이상한 변덕을 부리는 거예요. 어느 겨울밤이었는데, 갑자기 째질 듯한 벨 소리가 울렸어요. 우리 부부는 당장 침대에서 뛰쳐나왔지요. 그리고 신호 장치 쪽으로 살금살금 걸어가 가스 불을 밝혀서 보니 맙소사, '아가 방'에 불이 들어온 거예요. 아내는 그 자리에서 기절했고, 저도 아내 곁으로 쓰러졌어요. 저는 엽총을 들고 마부가 오기를 기다렸어요. 분명 마부도 심장이 떨어질 것 같은 벨 소리를 들었을 테니까요. 그가 침대에서 뛰쳐나와 서둘러 옷을 입고 총을 들고 오기를 기다렸지요. 이제 때가 된 것 같다고 판단하고는 저는 살금살금 걸어 아가 방의 옆방으로 움직였어요. 창문으로 밖을 내다보니 밑에 마부가 언뜻 보였어요. 총을 들고 서서 대기하고 있더군요. 그때 저는 아가 방으로 돌진해 들어가자마자 방아쇠를 당겼어요. 그 순간 마부 역시 빨간 불꽃을 내뿜는 제 총을 향해 방아쇠를 당겼지요. 우리의 사격은 모두 적중했어요. 제 총은 유모를 맞혔고 마부의 총은 제 뒤통수를 정확히 맞혔어요. 우리는 가스 불을 좀 더 밝히고 전화로 외과 의사를 불렀어요. 도둑의 흔적은 없었어요. 열려 있는 창문도 없었고요. 유리창이 하나 사라졌지만, 그것은 마부의 총알이 관통하면서 생긴 일이었지요. 정말 알 수 없는 수수께끼였어요. 한밤중에 도난 경보기가 저절로 울리다니요! 도둑은 옆집에도 없었는데 말이에요."

"여느 때와 마찬가지로 전문가가 와서 설명하는데 '허위 경보'라고 하더군요. 그는 아가 방의 창문을 점검하고는 높은 금액을 청구한 뒤 떠났어요."

"그 후 3년간 우리가 허위 경보 때문에 받은 스트레스는 글로 다 묘사할 수 없을 정도예요. 경보기에 표시된 방으로 총을 들고 뛰고, 마부가 무기를 들고 힘차게 달려와 나를 보조하는 일이 석 달 동안 되풀이되었어요. 하지만 우리의 표적은 어디에도 없었답니다. 창문은 늘 단단히 안전하게 닫혀 있었거든요. 우리는 그때마다 다음 날 전문가를 불렀고, 전문가는 해당 창문을 수리해주었지요. 그러면 일주일 정도는 잠잠했어요. 물론 다음과 같은 청구서를 보내는 것도 잊지 않았어요."

전선	2.15달러
니플	0.75달러
두 시간 출장비	1.50달러
밀랍	0.47달러

테이프	0.34달러
나사못	0.15달러
배터리 충전	0.98달러
세 시간 출장비	2.25달러
끈	0.02달러
라드유	0.66달러
연고	1.25달러
50줄 용수철	2.00달러
기차 요금	7.25달러

"이처럼 허위 경보에 반응한 것이 300에서 400번 정도 되었어요. 그러자 드디어 허위 경보에 전혀 반응하지 않게 되더군요. 자연스러운 변화였어요. 온 집안이 떠나갈 듯 시끄럽게 벨이 울리면, 저는 아무 말 없이 일어나 신호 장치를 점검하고 표시된 방을 기웃거렸어요. 그런 다음 조용히 그 방의 경보기를 꺼버리고 아무 일도 없던 것처럼 침대에 돌아가 다시 잠을 청했어요. 게다가 나는 허위 경보가 울린 방에는 경보기를 영원히 꺼버렸답니다. 전문가도 부르지 않았고요. 두말할 필요도 없이, 한참 지난 뒤에는 모든 방의 경보기가 꺼져 있었지요. 경보기 서비스는 완전히 중단된 거예요."

"이렇게 무방비로 위험에 노출되자 정말 심각한 재앙이 벌어졌어요. 어느 날 밤, 도둑들이 들어와 모든 경보기 장치를 제거해버린 거예요! 네, 그래요. 정말 실오라기 하나도 남김없이, 필사적으로 모두 떼어내 갔더군요. 용수철이며, 벨이며, 배터리며 모두 떼어냈어요. 150마일에 달하는 구리 전선마저도 깡그리 치워버렸더군요. 경보기가 있었다는 흔적은 하나도 남기지 않았어요. 정말 욕이……, 아니 약이 오르더군요."

"우리는 경보기를 되찾았어요. 결국에는 돈으로 해결했지요. 제대로 된 경보기만 설치하면 문제없다는 경보기 회사의 말에 넘어간 거예요. 창문에 신기술의 특허 용수철을 장착하면 허위 경보 따위는 있을 수 없고, 역시 신기술의 특허 시계를 장착하면 아침저녁으로 저절로 *끄고* 켜지게 되므로 사람 손은 전혀 필요 없다고 하더군요. 정말 멋진 장치라고 생각했어요. 장비를 장착하는 데 열흘이면 끝난다고 하면서 공사를 시작했어요. 우리는 여름휴가를 떠났고요. 한 이틀쯤 공사를 진행하더니 경보기 회사도 여름휴가에 들어갔어요. 그러자 도둑들이 다시 우리 집에 이사하여 여름휴가를 시작했어요. 가을에 집에 돌아와 보니 우리 집은 페인트공들이 작업하고 있는 텅 빈 맥주 창고처럼 텅 비어있더군요. 우리는 다시 가구며 집기들을 들이고 서둘러 전문가를 불렀어요. 전문가가 와서 작업을 마치고 말하더군요. '이 시계가 저절로 매일 밤 10시에 경보기를 켜고, 매일 아침 5시 45분에 끌 겁니다. 선생님은 일주일에 한 번씩 시계태엽을 감아주기만 하면

229

됩니다. 시계가 저절로 경보장치를 조정할 겁니다.'"

"그 후 석 달간은 정말 평화로웠어요. 물론 청구서 금액은 눈이 휘둥그레질 정도였지요. 저는 새로운 장치를 한동안 사용해보고 결함이 없다고 판단되면 그때 돈을 내겠다고 했어요. 그렇게 약정된 기간은 석 달이었고요. 석 달이 지나고 공사비용을 계산하자마자 바로 다음 날 아침 10시에 경보기가 울렸어요. 벨 소리는 수만 마리 벌 떼가 윙윙거리는 소리였답니다."

"그래서 저는 알려준 대로 경보기를 열두 시 부근으로 돌려놓았어요. 그러자 꺼지더군요. 그런데 밤이면 또 탈이 나는 거예요. 그러면 저는 열두 시간 전으로 시계를 맞춰 경보기를 재작동시켜야 했어요. 그런 어처구니없는 짓을 한 2주일간 계속했어요. 그러자 전문가가 와서 새로운 시계를 달아주었어요. 그 후 3년 동안 전문가는 석 달마다 한 번씩 찾아와 시계를 교체했어요. 그러나 번번이 실패했지요. 어느 시계나 똑같은 결함이 있었거든요. 낮에는 경보기가 작동되었지만, 밤에는 작동되지 않았어요. 제가 수동으로 전원을 켜면, 돌아서자마자 바로 꺼져버렸다니까요."

"자, 도난 경보기 이야기는 여기까지입니다. 모두가 사실이에요. 빼거나 과장한 것은 하나도 없어요. 네, 맞아요. 저는 9년 동안 도둑들과 함께 잠들면서 비싼 경보기를 달았어요. 하지만 경보기는 도둑들을 보호했지 저를 보호해주지 않았어요. 온전히 제 돈을 들였는데 말이지요. 저는 그동안 한두 푼도 아닌 큰돈을 들여 도둑들의 안전을 도운 거예요. 저는 아내에게 그런 파이는 이미 질리도록 맛보았으니 이제 모든 경보장치를 제거하게 해달라고 부탁했어요. 떼어낸 경보기들을 가지고 개 한 마리를 사서 그 개를 총으로 쏘았습니다.”

　“트웨인 씨, 당신이 이런 제 생각을 어떻게 생각하실지 모르겠지만, 경보장치는 순전히 도둑을 위해 만들어졌다고 생각해요. 정말 그래요. 도난 경보기가 어떤지 아세요? 화재나 폭동, 혹은 하렘(역주 : 여러 부인을 거느리는 이슬람 관습을 가리킴.)이 지닌 못마땅한 점들을 죄다 모아놓은 것과 같지만, 이를 상쇄해주는 장점은 하나도 없어요. 저는 여기서 내리겠습니다. 안녕히 계세요.”

맥윌리엄스 씨 댁의 도난 경보기

마크 트웨인의
마지막 소설을 번역하며

본명이 새뮤얼 랭혼 클레멘스(1835~1910)인 마크 트웨인은 미국   232
을 대표하는 아이콘이자 세계 최초의 국제적 스타라는 평판이 잘 어
울리는 작가다. 그에게는 '미국의 국민작가', '미국 현대문학의 아버
지' 같은 걸출한 수식어가 늘 따라붙는다. 마크 트웨인의 대표작으로
우리에게는 『톰 소여의 모험』(1876)이나 『허클베리 핀의 모험』(1884)
같은 장편소설이 널리 알려져 있지만, 데뷔작인 「캘러베러스 군의 악
명 높은 점핑 개구리」(1865)라는 유머 단편을 비롯해 많은 단편이 있
다. 이 책에서도 마크 트웨인의 마지막 소설인 단편 「미스터리한 이
방인 *The Mysterious Stranger*」(1898)을 비롯해 콩트 세 편을 소개한다.

「미스터리한 이방인」의 번역본은 여러모로 의미가 크다. 우선 마
크 트웨인은 이 책을 네 가지 버전으로 남겼는데, 첫 번째 버전은 「상

트페테르부르크 단장(斷章)*St. Petersburg Fragment*」, 두 번째 버전은 「젊은 사탄의 연대기*Chronicle of Young Satan*」, 세 번째 버전은 「학교 언덕*Schoolhouse Hill*」, 네 번째 버전은 「No. 44, 미스터리한 이방인*No. 44, the Mysterious Stranger*」이다. 첫 번째 버전은 실체가 없는 초안에 불과하고, 두 번째 버전은 결말이 미완성이다. 세 번째 버전은 네 번째 버전으로 가는 중간 단계의 작업으로 볼 수 있고, 네 번째 버전은 그나마 가장 완성된 형식을 갖고 있으나 저자의 의도가 충분히 반영되지 못한 미완의 작품이라는 평가를 받고 있다.

그중 '사탄의 조카'인 죄 없는 '사탄'이 처음 등장하는 두 번째 버전과 '꿈속의 자아'와 '현실의 자아'라는 이중적인 자아 개념을 도입한 네 번째 버전을 편집자 앨버트 페인(Albert Bigelow Paine)이 종합하여 탄생한 것이 바로 이 책이다. 이 책은 국내에 처음 번역되고, 또한 기존의 버전들을 보완해 문학적으로 완성도 있는 작품의 경지로 끌어올린 점이 큰 의의라 할 수 있다. 또한 마크 트웨인이 생애 마지막에 집필하여 사후(1916)에 출간된 유고 작품이라는 점도 의미가 있다. 그러나 내게 가장 큰 의미로 다가오는 것은 이 작품이 그동안의 상냥한 유머 작가라는 마크 트웨인의 대중적인 이미지를 완전히 뒤집는 작품이라는 점이다.

마크 트웨인은 흔히 유머작가, 풍자작가라고 알려진다. 물론, 인간의 탐욕과 위선을 꼬집고(「해들리버그를 타락시킨 사나이」 외) 제국주의 전쟁에 반대(「전쟁을 위한 기도」 외)하는 작품을 통해 물질문명을 신랄하게 비판하기도 했지만, 그의 작품 세계는 늘 유머와 해학으로 발랄한 느낌을 주었다. 그러나 「미스터리한 이방인」에서는 확연히 달라진 세계관이 드러난다. 우선, 인간에 대한 시선은 극도로 차갑고 가혹하며, 자비나 동정심을 조금도 찾아볼 수 없다. 신의 섭리를 부인할뿐더러, 오히려 사탄의 위치를 거의 신의 반열에 올려놓는 '신성 모독'을 감행한다. 인간의 무지를 비웃고 운명의 허무함을 가차 없이 고발하는 수위가 너무 높아서 나도 모르게 섬뜩함을 느낄 때가 한두 번이 아니었다.

234

— **인간의 어리석음과 무지함에 잔인할 정도로 독설을 날리다**

「미스터리한 이방인」은 16세기 오스트리아의 작은 마을 에셀도르프에서 세 소년을 중심으로 벌어지는 기상천외한 이야기를 그리고 있다. 이들 삼총사에게 어느 날 '사탄'이라는 이름의 천사가 나타나면서 마을에 끔찍한 일들이 벌어진다. 여기서 사탄은 에덴동산에서 타락 사건과 원죄를 가져온 '사탄'의 조카라고 소개되지만, '이 사탄'이나 '그 사탄'이나 동일시해서 읽어도 무방할 것이다. '믿음의 시대'에 살고 있고, '선한 크리스천'이 되는 교육이 무엇보다 중시되던 아이들에게 사탄의 출현은 처음에는 두렵고 무시무시한 일이었다. 하지만 사탄은 '타락 사탄'도 원래는 천사였다는 말로 아이들을 혼란에 빠트린다. 또한, 뛰어난 외모에 무소불위의 신적 능력을 지닌 지극히 매력적인 존재로 어필하면서 금세 사람들의 마음을 사로잡고 그들을 꼭 두각시처럼 부린다. 트웨인은 사탄의 입으로 인간과 운명을 잔인하게 조롱한다.

사탄이 인간을 조롱하고 비난하는 것을 읽으며 나는 화도 났지만, 얼굴이 화끈거려 견딜 수가 없었다. 당시 시골뜨기들의 모습은 21세기를 사는 지금 우리의 자화상과 다르다고 주장할 근거를 찾지 못했기 때문이다. 사탄은 인간이 '쥐며느리'처럼 하찮은 존재이고 '짐승'만도 못한 존재라고 비난한다. 백만 년 동안 인간이 한 일이라고는 '끊임없이 종족을 번식한 일' 말고는 아무것도 없다. 인간이 발전시킨 것도 아무것도 없다. 인간은 항상 '들어갔던 문에서 나왔을 뿐'이다. 굳이 진보한 문명을 말하자면, 기독교 문명이 개발한 '대량학살' 무기에 그친다. 사탄이 인류를 향해 날린 차가운 독설은 이것 말고도 많다.

또한, 사탄은 에셀도르프 마을 사람들의 수명과 운명을 마음대로 주무른다. 남은 생을 병상에서 나무토막처럼 마비되어 살아갈 운명을 바꾸어 당장 죽이기도 하고, 평생 행복하게 살아가도록 멀쩡한 사람을 바보로 만들기도 한다. 천국으로 예정된 사람을 지옥으로 보내기도 하고, 선하지만 비참하게 오래 살아야 할 운명을 마녀사냥으로 화형에 처하기도 한다. 인간의 운명이 얼마나 보잘것없고 하찮은 것

235

인지 보여주려는 속셈이다.

신에 대한 비난은 더욱 소름이 끼친다. '신은 세상에 지옥을 만들어놓고, 정의와 자비를 떠들어댄다. 이 지옥 같은 세상을 만들어놓고는 황금률 운운하면서 일흔 번의 일곱 번씩 남을 용서하라고 한다. 인간들에게 도덕 운운하면서 정작 자기들의 도덕은 만들지 않았다.' 등등 신 또는 인간의 운명에 지독한 원망을 쏟아낸다.

트웨인이 사탄의 입으로 인간을 비난한 것 중 가장 중요한 개념은 바로 '도덕관념Moral Sense'이다. 아무 이유도 없이 그저 즐기려고 남을 괴롭히는 종족은 '도덕관념'을 지닌 인간뿐이라고 한다. 도덕관념은 선악을 구별하는 개념이지만, 무엇이 선악인지 선택하는 자유는 각 개인에게 있다고 사탄은 그 이유를 든다. '도덕관념을 지녔다는 인간은 같은 종족을 착취하고 노예로 부리면서 겨우 죽지 않을 만큼의 급료만 준다. 도덕관념은 인간을 가장 저급한 생명체로 끌어내리는 주범이며, 인간의 가장 부끄러운 자산이다. 모든 죄를 없애고 싶다면 도덕관념을 없애면 해결된다.' 인간이 짐승보다 못한 이유가 왜 도덕관념인지 소설을 찬찬히 읽어보기 바란다.

사탄은 마지막으로 이런 말을 남기고 완전히 떠난다.

"신도, 우주도, 인간도, 인생도, 천국도, 지옥도 아무것도 없어. 그것은 모두 꿈이야. 게다가 아주 괴상망측하고 얼빠진 꿈이지. 너 말고는 아무것도 존재하지 않아. 그리고 너는 하나의 생각에 불과해. 여기

236

저기 떠도는 생각, 쓸모없고 정처 없는 생각, 텅 빈 영원의 세월을 쓸쓸히 방랑하는 생각 말이야."

　삶의 허무함과 인간과 신에 대한 지독한 경멸, 극단적인 비관주의와 염세주의……. 이 책을 쓸 무렵 마크 트웨인에게는 도대체 무슨 일이 벌어졌던 것인지 의문마저 들었다. 트웨인은 이 책을 쓸 무렵 사랑하는 딸을 잃고, 이어서 아내와 다른 딸도 먼저 저세상에 보낸다. 이때 트웨인은 지독한 상실감을 겪으며 하늘을 원망하고 엄청난 비탄에 잠겼을 것이다. 물론 필리핀을 식민지 삼으려는 미 제국주의에 실망하고 인종 차별과 물질만능주의에 빠진 미국인들에게 체념한 것 역시 그의 지독한 염세주의에 한몫했으리라 본다.

　어쨌거나 마크 트웨인은 살아있는 동안 「미스터리한 이방인」을 독자들에게 내놓지 않았다. 다시 말해, 이 작품이 새뮤얼 클레멘스의 세계관을 담았다는 것은 분명하지만, 마크 트웨인으로서 드러내고 싶지 않은 세계관일 수도 있다. 중요한 것은 이 작품을 거울삼아 현재의 자신을 들여다보는 것이 아닐까 싶다. 부디 이 작품을 읽고 존엄한 인간성을 회복하려고 노력하는 우리가 되었으면 좋겠다.

─ 마크 트웨인 유머의 정수를 맛볼 수 있는 세 편의 콩트

　이어지는 세 편의 콩트는 마크 트웨인의 재기발랄한 유머가 극대화된 작품이라 할 수 있다. 「우화A Fable」는 동물들의 이야기를 그려내고 있는데, 인간의 자기중심적인 사고를 그야말로 '저격'한다. 근시안적인 안목과 있는 그대로를 보지 못하는 인간의 왜곡된 시선을 특유의 상상력으로 기가 막히게 표현하고 있다. 「기만적인 칠면조 사냥 *Hunting The Deceitful turkey*」 역시 짐승보다 못한 인간의 감각을 독특한 소재로 꼬집고 있다. 칠면조의 '연기'에 속은 순진한 아이의 모습을 통해 인간의 어리석음을 통찰할 수 있을 것이다.

「맥윌리엄스 씨 댁의 도난 경보기 *The McWILLIAMSES and The Burglar alarm*」는 이 가운데 가장 긴 이야기로, 플롯이 비교적 치밀하고 유머의 수준도 매우 뛰어나다. 전해주는 메시지 또한 아주 강렬하다. 맥윌리엄스 씨는 9년 동안 거금을 들여 도난 경보기를 설치했지만, 도난 경보기는 정작 맥윌리엄스 씨 가족을 보호해주지 못하고 도둑을 보호해준 꼴이 되었다. 도난 경보기를 통해 인간의 어떤 유형을 비판하고 있는지 알게 되면 그 상상력에 감탄을 금치 못할 것이다. 특히 이 이야기에는 마크 트웨인도 등장하여 호기심을 더해준다. 이 세 편의 유머 모두 재미와 메시지가 놀라울 뿐만 아니라, 마크 트웨인의 천재적인 상상력을 맛보게 하는 훌륭한 작품이 될 것이다.

238

마크 트웨인의
미스터리한 이방인

초 판 1쇄 인쇄 | 2015년 9월 1일
초 판 1쇄 발행 | 2015년 9월 9일

지은이 | 마크 트웨인 • 옮긴이 | 오경희
펴낸이 | 조선우 • 펴낸곳 | 책읽는귀족

등록 | 2012년 2월 17일 제396-2012-000041호
주소 | 경기도 고양시 일산동구 호수로 336 (백석동, 브라운스톤 103동 948호)

전화 | 031-908-6907 • 팩스 | 031-908-6908
홈페이지 | www.noblewithbooks.com   E-mail | idea444@naver.com

출판 기획 | 조선우 • 책임 편집 | 조선우
표지 & 본문 디자인 | twoesdesign

값 11,000원 • ISBN 978-89-97863-33-4 (03840)